超武装空母「大和」1

謎の巨大艦隊

野島好夫

コスミック文庫

この作品は二〇〇九年一二月に小社より刊行された『超武装空母「大和」(上)』第一部を加筆訂正したものです。

なお本書はフィクションであり、登場する人物、団体等は、現実の個人、団体、国家等とは一切関係のないことを明記します。

目　　　次

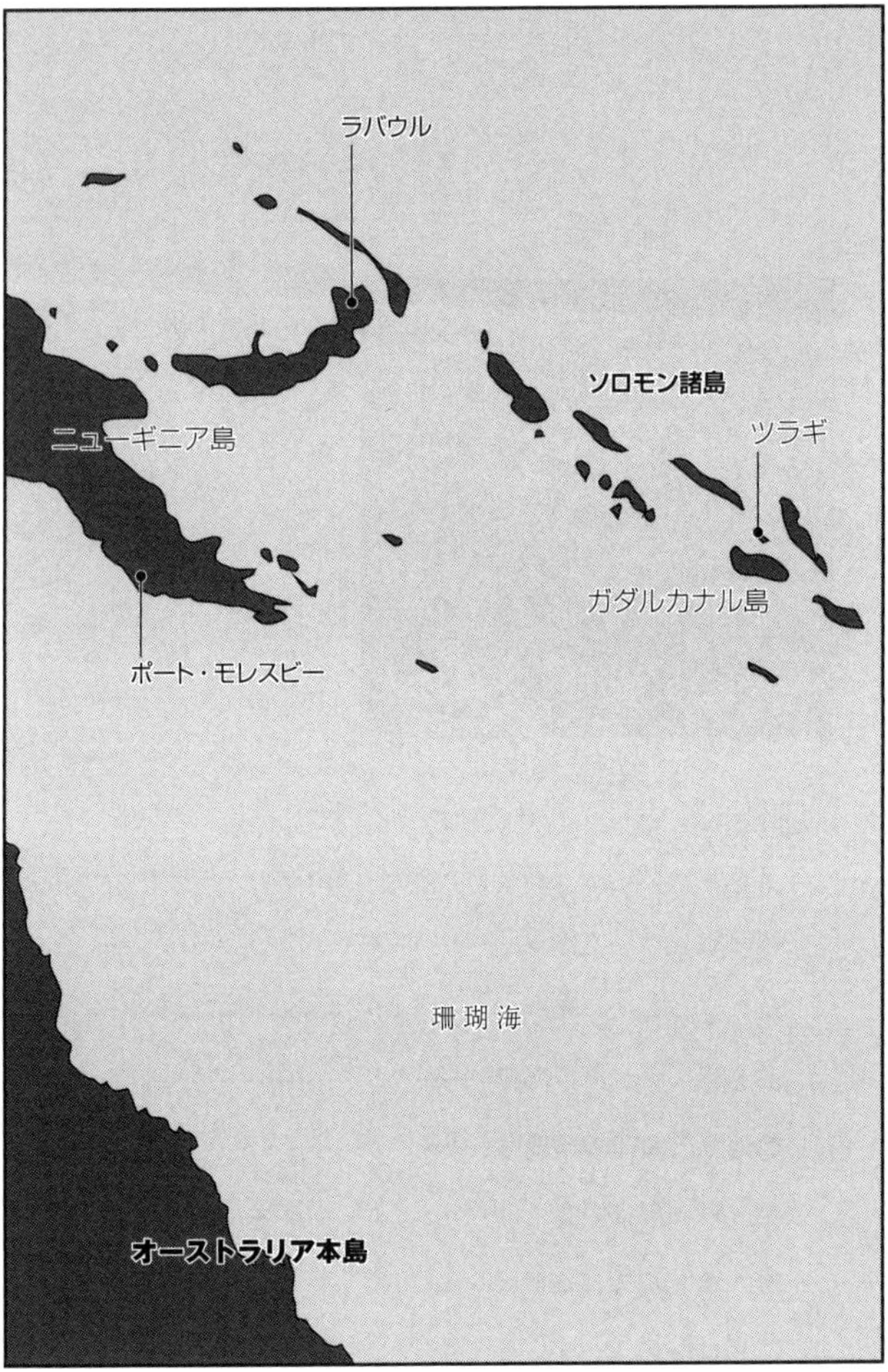

ラバウル
ソロモン諸島
ニューギニア島
ツラギ
ガダルカナル島
ポート・モレスビー
珊瑚海
オーストラリア本島

プロローグ

どんよりとした雲が天空を覆っていて、今にも雨粒をこぼしそうな天気だった。

その黒い雲の中から、グッオオ――――――ンと、重く、それでいながら切り裂くような響きのエンジン音がした。

グッオオ――――――ン！

雲間から、急降下体勢の緑色に塗られた機体が姿を見せた。

大日本帝国海軍が世界に誇る零式艦上戦闘機である。

一九四〇（昭和一五）年七月に制式採用され、この年が皇紀二六〇〇年だったことから零戦《レイセン》もしくは零戦《ゼロセン》と命名されたこの戦闘機が、現時点で、世界最高の戦闘機であることに間違いはない。

なんと初戦において、自航空部隊より数倍の勢力である敵三十数機を完全に殲滅《せんめつ》し、なおかつ自部隊の被害はゼロという結果を示したのである。

「零戦は世界最強の戦闘機」という言葉が、海軍軍人からなんのてらいもなく出るのも当然だったかもしれない。

だが、最強の戦闘機といえども欠点がないわけではない。いや、最強だからこその欠点を零戦は持っていた。

零戦が強いのは、戦闘力、速度、航続距離、操縦性などの面でライバルたちに差をつけているからであるが、それを得るために、機体の強度や操縦員の安全面を相当に犠牲にしていた。

零戦という戦闘機は、攻撃においてはすさまじい威力を見せることができるが、いったん守勢に回ると脆《もろ》いという欠点を持っていたのである。

しかし零戦の絶大なる力を見せつけられ続けている多くの海軍首脳たちは、このことを欠点とは認識しなかった。

「零戦が敵に後《おく》れを取ることなどあり得ない。ならば機体の強度や操縦士の安全など、これ以上考える必要はないだろう」というのが、彼らの言い分であった。

ここに無敵の零戦神話が誕生したのである。

だが、「神話はしょせん神話であって、真実ではない」と苦言や批判をする研究者や技術者たちがいなかったわけではない。

たとえば……。

「ちょっと、やべえかな」

急降下する操縦席の中で、横須賀航空部隊に所属する零戦の操縦員が、軽く舌打ちをした。

機体が、急降下のスピードに堪《こら》えきれずに振動しているのだ。

ある程度の速度を超えると零戦の機体が空中分解をする可能性があることは、最高機密の一つではあった。しかし、実戦の中でそれを感じ始めている勘《かん》の鋭い操縦員もいて、噂として広がり始めていたのである。

今、操縦桿を握るこの操縦員もその噂を耳にしていた。

もっとも、彼はそれが致命的な欠点だとは思っていない。苦渋の声も深いわけではなかった。

「おっ、あれだな」

眼下を凝視していた操縦員が叫んだ。

「よし、今だっ！」

鋭く言って、機関砲の発射スイッチを引いた。

ズゴゴゴゴッ！

ズゴゴゴゴッ！

主翼の左右に一挺ずつ装着された機関砲が、重く火を噴いた。

仕様によって多少の差はあるが、通常、零戦の翼の機関砲は二〇ミリである。それよりもやや発射音が重いのは、この零戦に搭載されている機関砲が三〇ミリ機関砲だからだ。

ズガガガ————————ン！

強烈な三〇ミリ機関砲弾が、地上に置かれたコンクリート製の標的を瞬時にして粉々に砕いた。

「なるほどな。これが新型三〇ミリ機関砲の威力かよ。噂以上だな、美濃部《みのべ》技術中佐」

地上で零戦の飛行を見ながら、帽子を脱ぎ、坊主頭を撫でて男が言った。先月大将に昇任したばかりの連合艦隊司令長官山本五十六《いそろく》である。

「まだまだですよ、長官。今のままでは零戦の機体への負担が大きすぎます」

答えたのは、まだ公《おおやけ》にはその存在が知られていない『海軍超技術開発局』の航空開発部兵器課長、美濃部剛《つよし》技術中佐である。

火器は強力なほうがいい。これは単純な理論だが、実際はそう単純ではない。強力な火器になればなるほど重量が増し、発射の反動も強くなる。それを支えるためには、機体が頑丈でなければならない。しかしそうすれば戦闘機自体の重量も増加し、零戦の特色である速度や操縦性を一気に落としてしまうからだ。

「その対策として、火器そのものの軽量化と砲弾の改良をしているのですが……ね」

美濃部が上昇に移った零戦をチラリと見て、首を振った。

「だが、それは絶対に必要だとお前は考えているんだろう」

「もちろんですよ、長官。お偉いさんたちは零戦の強さが永遠に続くものだと考えているようですが、私に言わせれば、そんなのはガキの考えにも及ばない錯覚に過ぎませんよ」

美濃部の口調は強くないが、その背後にある意志は刃《やいば》のように鋭いと山本は感じた。

「技術開発の進歩っていうのは、あの人たちが思っているほど甘いものじゃあありません。今日の最新鋭機が明日には骨董品になったりするのが技術の世界です。それだというのに、本省では零戦の後継機開発にほとんど手をつけようとしないではないですか。私や私の仲間にすれば、歯がゆくてしかたないんですよ」

熱い美濃部の言葉に、山本も悔しそうにうなずいた。

「そのことは、俺も本省の連中に何度も言っているのだが、頭の固い連中は無駄遣いだとかなんだとか理由をつけて、動かんのだ。しかもそういう連中に限って、アメリカを軽視し、舐めているんだから、始末に負えん」

陸軍が中心となって、対米戦を主張する声が日増しに大きくなっている。親米派と言われる山本たちが必死に抑えてはいるものの、抑えきるのは相当に難しいだろう、というのが山本の本音だ。

「ならばこそ技術開発にもっと金を使うべきなのでしょうに、こちらも相変わらず頭が固いだけですからね」

美濃部が無念そうに言うのには理由《わけ》があった。

美濃部が所属する海軍超技術開発局は、今でこそ艦政本部下に置かれている部署だが、そうなったのはわずか数年前のことである。

創設当初は、海軍技術部門の「姨捨《おばす》て山」と言われるぐらいの存在に過ぎなかったのである。

海軍超技術開発局が創設されたのは、ロンドン海軍軍縮条約が調印された昭和五

（一九三〇）年の暮れのことであった。

軍縮に伴い、海軍省は技術部門の縮小を図った。縮小の矢面《やおもて》に立たされたのが、日頃から組織に馴染まないタイプで孤立したり疎《うと》まれたりしている研究開発者であった。

だが、彼らは決して無能なわけではない。

逆なのである。彼らの多くは優秀で、生み出そうとしたものは、独創的な上に、時代を先取りしたものが多数あったのだ。

しかしそれが、凡庸《ぼんよう》な能力しか持っていない周囲からは理解されなかった。それでも妥協すれば、組織から弾かれることもなかったのだろうが、信念の塊《かたまり》のような彼らにはそれができず、なお孤立し疎まれた。

海軍省の方針に異を唱えたのは、当時第一遣外艦隊司令官だった米内光政《よないみつまさ》大将や、海軍航空本部にいた山本五十六少将をはじめとする、時代の行く末を見ることに長《た》けた将軍たちだった。

「優れた技術者は海軍に残すべきである」

米内や山本らは強硬に主張した。

数こそ多くはなかったが、米内や山本らに与《くみ》する者たちに実力者がそろっていたため、海軍省も彼らを無視することができず、彼らの主張に譲歩し、誕生したのが現在の『海軍超技術開発局』の前身である『超技術開発研究所』であった。

「問題はねえさ。どうせまともな予算も与《あた》えねえし、しょせん烏合《うごう》の衆だ。あっという間に内部崩壊だよ」

山本らに反感を持つ海軍省の首脳陣たちは、そう言ってほくそ笑んだという。

しかし、首脳陣の憶測は外れる。

枷《かせ》を外された異能の技術者たちが、まるで水を得た魚のように才能を開花させて次々と成果が発表された。

それでもしばらくは、異能の技術者たちの作品は海軍省に無視され続けた。

それが日の目を見たのは、実験や試験に参加を求められた実戦部門の者たちが、彼らの作品の優秀さを証明したからである。

結果、超技術開発研究所は超技術開発局として艦政本部下に置かれることになったのだが、経緯が経緯だけに超技術開発局の技術者たちは艦政本部に支配されることを嫌い、形の上では艦政本部下にあるものの、実情は独立した部署といってよかった。

「すまんな、美濃部。もっとお前たちに予算を回せれば、皇国の未来はより安心だろうによ」

山本の言葉に、美濃部が苦笑を浮かべた。

美濃部も山本たちの苦労を知っているため、山本を責めるような会話になったことを反省したのだ。

「……申し訳ありません、長官。少し言い過ぎたようです。長官たちのご努力、この美濃部も十分に知っておりますのに……」

「いや、お前たちの怒りは当然だよ。それはそれでいいさ」

山本が苦しそうに言ったとき、天空に消えていた零戦が再び爆音を響かせながら現われて銃撃を開始した。

ズゴゴッ！

火を噴く三〇ミリ機関砲は美濃部たちの怒りを表わしているようにも見えたし、やるせない思いのようでもあった。

山本たちが憂《うれ》う皇国を未曾有《みぞう》の危機に陥《おとしい》れる大戦は、すぐそこに迫っていた。

そして、海軍超技術開発局の試練ともいえる苦悩と、その奇跡とも見える奔走もまたすぐそこにあったのである。

第一章　ハワイ作戦

『1』

「東条《とうじょう》め。ついに決めたか……」

連合艦隊司令長官兼第一艦隊司令長官山本五十六大将は、連合艦隊旗艦戦艦『長門』の司令長官室で、「対米戦回避できず」の報告を受けると、呻《うめ》くように言った。

「せめてあと半年あれば、完全とは言えないまでも十分だったのだが、しかたあるまいな」

山本が無念そうに、続けた。

「南雲《なぐも》と竜胆《りんどう》に連絡いたしますか」

聞いたのは、連合艦隊兼第一艦隊参謀長の宇垣纏《うがきまとめ》少将だった。

「そうしてくれ。もっとも、竜胆中将のあれはハワイには間に合わんだろうから、ひとまずトラックで待機させておこう。無理だろうが、なるべく目立たんようにとな」

「承知しました」

宇垣は過剰なプライドからか冷徹冷淡な性格を持ち、また、どんなときもほとんど変わらない表情から「黄金仮面」とあだ名される。このときも顔をまったく変えずにうなずくと、椅子から立ち上がった。

宇垣が部屋を出た後、山本の瞳が沈んだ。

「ハワイは、問題ないだろう。問題はその後だ。そのとき切り札となるのは、竜胆と『大和』だろう……な」

山本がつぶやくように言って、煙草に手を伸ばした。

「来たか……」

第一航空戦隊（空母『赤城』『加賀』）、第二航空戦隊（空母『蒼龍《そうりゅう》』『飛龍《ひりゅう》』）、第五航空戦隊（『瑞鶴《ずいかく》』『翔鶴《しょうかく》』）を主力とする第一航空艦隊を率いる南雲忠一《ちゅういち》中将は、緊張を抑えるかのように低い声で言った。

はじめ〈ハワイ作戦〉を聞かされたとき、南雲は首を振った。

広大な太平洋を横断して、アメリカ太平洋艦隊の司令部があるハワイ・オアフ島の真珠湾基地に空襲を仕掛けるなど、無謀を超えて荒唐無稽《こうとうむけい》な作戦だと思えたからだ。

「だからやるんだよ、南雲君」

南雲の反論に、山本五十六はわずかに笑みを浮かべながら答えた。

「君が無理と思うように、アメリカもまさか日本がそんな作戦をとるとは考えていないだろう。そこを狙うんだ……」

「そ、それはそうでしょうが」

「どうしても君が嫌だというのなら、別の者に命じてもいいがな」

山本の目が、ギラリと南雲を射る。

陸軍を統《す》べる東条英機《ひでき》陸軍大将が〝陰《いん》〟であるのに対し、山本は豪快で〝陽《よう》〟だと言われているが、だからといって陰の部分がないわけではない。

南雲はさほど出世に拘《こだわ》るタイプではないが、ここで山本に反旗を翻《ひるがえ》せば、出世だけではなく海軍にも居づらくなると思われた。

「いえ。ご命令とあればこの南雲、背中を見せるつもりはありません」

と、南雲はあわてて答えた。

「うん。そうしてくれ。君のほかにも幾人か俺の頭の中にはあるが、君以外は、どうも帯に短し、たすきに長しでしっくりこんのだ」

「お任せください」

南雲が続けると、山本は満足そうにうなずいた。

(だが、難しいということは否定できんな)

その思いは、太平洋の荒波を越えながらも、南雲の頭の奥底にこびりつくように残っている。

「霧が深いですな、司令長官」

艦橋の窓を見てから言ったのは、第一航空艦隊参謀長草鹿《くさか》龍之介《りゅうのすけ》少将だ。

草鹿も、最初は山本の〈ハワイ作戦〉に懐疑的な態度を見せた人物の一人であるが、南雲と違って、こうと決めたら逡巡《しゅんじゅん》しない性格で、山本の説得の後《のち》は〈ハワイ作戦〉に対する疑念を捨てていた。

単純と言えば単純な性格だが、それが部下たちには潔《いさぎよ》く見えるらしく、彼を慕う部下も少なくない。

しかし南雲のような男からすれば、参謀長としてはやや物足りなく感じるのも事実だった。

とくに今回のように、かなりの困難を強《し》いられる作戦においてはなおさらである。その思いがあるからだろう、南雲は時折り草鹿を無視して命令を発することがあるのだが、本心はともかく、これまで草鹿は南雲に嫌な顔も見せず従っていた。

そして逆に、それがまた草鹿に対して、芯が弱いという不満を生むのだから、人間というのは実に面倒な生き物である。


〈ハワイ作戦〉――のちに〈真珠湾奇襲作戦〉とも呼ばれる未曾有《みぞう》の作戦が開始されたのは、日本時間で一九四一（昭和一六）年一二月八日の未明であった。

作戦の趨勢《すうせい》を決めるであろう第一次攻撃部隊を率いるのは、『赤城』飛行隊長の淵田《ふちだ》美津夫《みつお》中佐である。

三つの航空戦隊の飛行隊によって組織された第一次攻撃部隊は、三つの集団に分かれていた。

第一集団は、水平爆撃隊（九七式艦上攻撃機四九機）、雷撃隊（九七式艦上攻撃機四〇機）からなり、第二集団（指揮官＝高橋赫一少佐）は急降下爆撃隊（九九式艦上爆撃機五一機）、そして第三集団（指揮官＝板谷《いたや》茂《しげる》少佐）は制空隊（零式艦上戦闘機四三機）であった。

攻撃機の総数は一八三機で、当時の航空攻撃部隊としては類を見ない多勢と言えた。

七時四九分。オアフ島上空に達した淵田中佐は、歴史的な暗号電文「トラ・トラ・トラ（我奇襲に成功せり）」を打電させると、意気揚々と攻撃を開始した。


「馬鹿な……そ、そんなことがあり得るか」

日本軍の空襲を知らされたアメリカ太平洋艦隊司令長官兼合衆国艦隊司令長官ハズバンド・E・キンメル海軍大将は、困惑の表情で呻くように言った。

日本軍がハワイに攻撃を仕掛けてくる可能性があるという意見は、アメリカ軍の中に皆無ではなかった。

しかしその声は、消えそうなほどにわずかだったし、

「日本海軍も馬鹿ではないだろう。ハワイに来るまでに発見される可能性も高いし、長期にわたる航海の経済性や帰途における危険性を考えれば、あり得んよ」

という意見が軍部の大勢で、キンメルもその意見に賛同していた。

ところが現実はキンメルの推測を裏切り、彼を地獄に誘《いざな》った。

ドドドグワァ――――――――ン！

雷撃仕様の九七式艦攻から放たれた魚雷が、戦艦『カリフォルニア』の舷側をえぐった。

このとき日本海軍が使用した魚雷は、「真珠湾スペシャル」とも呼べる特別な魚雷だった。

当時の日本海軍が使っていた魚雷は、およそ一〇〇メートルほどの高度から発射された。

魚雷はいったん五、六〇メートルほど沈み、それから設定された深度を取って敵艦に突入するのである。

ところが真珠湾の水深は一二メートル強しかないため、通常の高度から発射すると、魚雷は海底に激突してしまうのだ。

問題はまだあった。発射距離である。

日本海軍の魚雷は、敵からおよそ一〇〇〇メートルの距離で発射されるのだが、狭い真珠湾内では一〇〇〇メートルもの距離は取れず、せいぜいが五〇〇メートルだったのである。

そこで魚雷開発部門で開発されたのが、本体に側翼を装着した九一式航空魚雷であった。

この魚雷こそが今回の作戦の成否を左右するだろうと、開発部門の技術員は胸を張ったが、あながちオーバーな言動ではなかった。

ドガガガ――――――ン！

次に日本軍の魚雷攻撃を受けたのは、『カリフォルニア』の後方に係留されていた戦艦『オクラホマ』だ。

『オクラホマ』はネヴァダ級戦艦の二番艦で、基準排水量二万七五〇〇トン、全長一七七・七メートルで、主な兵装は三五・六センチ三連装砲二門、同連装砲二門、一二・七センチ単装砲一二門、一二・七センチ単装高角砲八門だった。

『オクラホマ』は機関室を直撃されたらしく、煙突の横から真っ黒な煙を噴き上げ、根本付近からは紅蓮《ぐれん》の炎がメラメラと燃え盛ろうとしていた。

艦の最期を見極めたアメリカ兵が海に向かって飛び込んでゆくが、休暇中だったこともあり、その数はそう多くはない。

グワ――――――ン！

突如として艦橋の中央に火柱が上がった。弾薬庫に火が回ったためである。

真っ赤に焼けた鉄の破片が海面に落下し、ジューッと水蒸気を上げる。

怒号と絶叫を上げながら火だるまになった兵士が天空に向かって手を伸ばすが、すぐに崩れるようにして倒れ、黒煙に包まれた。

真珠湾基地の上空は、わずかの間に黒煙に満たされつつあった。

「そろそろ俺たちの出番のようだな」

指揮官機で部下たちの攻撃を精細に見つめていた淵田中佐が、おもむろに言った。

これ以上時間が経過して、黒煙によって敵艦の確認がしにくくなることを淵田は恐れていたのである。

淵田中佐に率いられた水平爆撃仕様の九七式艦攻の腹には、八〇〇キロ徹甲爆弾(九九式八〇番五号爆弾)が抱えられていた。

徹甲爆弾とは、戦艦などの砲弾を改良したもので、すさまじい貫通力を持ち、敵艦の厚い装甲をも突き破って機関室や弾薬庫内で爆発させることが可能であった。

ブゥン！

ブゥン！

ヒユ――――――――ッ。

ヒユウ―――――――――――ン。

四九機の九七式艦攻から、次々と八〇〇キロ徹甲爆弾が投下される。

この頃になって、ようやく敵艦からの反攻が始まった。

とはいえその数は少なく、勢いに乗る第一次攻撃部隊にはなんの脅威も与えることはできなかった。

ズガガ————————ン！

ズガガ————————ン！

ザザザ————————ンン！

一般的に水平爆撃の命中率はさほど高くない。高度からの攻撃のため、風や気流に影響されることが多いのである。

しかし、この日の日本海軍攻撃部隊の状況は少し違った。ほぼ一年をかけて、腕を磨きに磨いてきた精鋭部隊なのである。

係留あるいは雷撃隊の魚雷攻撃によって自由を奪われたアメリカ艦艇は、次々と八〇〇キロ徹甲爆弾の爆撃を受けて爆発炎上していった。

「すさまじい戦果ですね、指揮官」

指揮官機の通信員水川一飛曹が、淵田に叫ぶ。

内心では淵田もそう思っていたが、指揮官の奢《おご》りは時として戦況を一転させるこ

とがある。それを知っている彼は、

「油断するなよ、水川一飛曹。地獄ってやつは、多く場合、天国と隣合うものだからな」

と諭《さと》すように答えた。

淵田の言葉を証明するかのように、指揮官機の前方で敵の高射砲弾が炸裂し、操縦員の松岡大尉が愛機を右に滑らせた。

高射砲弾の効能はてきめんで、水川一飛曹は自分の愚かさに気づいたらしく、

「ほ、本当でありました」と、声を震わせた。

「そういうことだ」

淵田は満足そうに言うと、指揮官機の高度を上げさせた。

「くそったれめ！」

日本海軍攻撃部隊の艦爆隊と制空隊に蹂躙《じゅうりん》され尽くした滑走路を見て、ホイラー飛行場で戦闘機を操るジョージ・アダムス中尉が、苦いものを吐き出すように言った。

アメリカ陸軍航空部隊が使用するホイラー飛行場は、海軍のパールハーバー基地

の北西にあり、迎撃機の巨大基地である。

日本軍はその迎撃能力を封じるために、艦爆と艦戦でパールハーバー爆撃と同時に、ホイラー飛行場をはじめヒッカム飛行場（陸軍）などを叩いていた。

本来陸軍基地の飛行場には、敵の攻撃から航空機を守るためにU字型の丈夫な掩《えん》体《たい》があるのだが、まさか日本軍の攻撃があるとは予想だにしていなかったアメリカ陸軍は、航空機を掩体に格納せず格納庫の前に並べてあった。

それが陸軍飛行場の被害を、日本軍さえ驚くほどの大きさにしていた。

「アダムス中尉。破壊されていないのは七、八機です。しかし、実際に離陸ができるかどうかは別問題ですよ」

「どういうことだ？」

「だって、破壊されてないってことは、飛行場の隅にあって難を逃がれたってことですからね。しかし、そこから離陸が可能な場所に運ぶには、この穴だらけの飛行場を横断しなきゃならないんですよ。そいつはやっぱり無理かもしれません」

アダムスに命じられて被害確認に行っていたショーン・オブライエン少尉が、悔しそうに口元を歪《ゆが》めて言った。

「しかし、おめおめと引き下がるわけにはいかねえだろうが」

アダムスが敵の去った天空を見上げて、怒鳴る。

「それは俺にだってわかってますよ。ですが敵はまた来ますかね。中尉の言う、その第二次攻撃部隊っていうのが……」

「確証があるわけじゃねえが、あいつらは何千キロも海を渡ってきやがったんだぜ。たった一度の攻撃だけで引き揚げるとは思えねえな。少なくとも俺ならもう一度は仕掛ける」

「な、なるほど」

オブライエンは完全に納得したわけではないが、反論の言葉も思いつかず、うなずいた。

「パイロットの数はどうだ？」

「それも問題です。腕に信頼のおける連中は敵の攻撃の中で出撃しようと無理をした者が多く、残っている奴らではこんな状況の滑走路から離陸できるかどうか……」

「探せ、少尉。俺の考えが正しければ、第二次部隊の到着はさほど間隔を置かないはずだ」

「わかりました。できるだけ腕のいい連中を集めてみますが、あまり期待しないでくださいよ」

オブライエンはそう言うと、爆撃を受けて炎上を続ける宿舎のほうに走っていった。

「舐めるなよ、ジャップめ！」

叫んで、アダムス中尉はそばにあった瓦礫を蹴り上げた。


第二次攻撃部隊の出撃は第一次攻撃部隊からおよそ一時間後で、指揮官は『瑞鶴』飛行隊長の嶋崎重和《しまざきしげかず》少佐だった。

部隊は第一次攻撃部隊と同じように三つの集団に分かれ、編制もほぼ同じで、第一集団は水平爆撃隊、第二集団は急降下爆撃隊、そして第三集団は制空隊であった。

出撃数は第一次攻撃部隊よりは若干少ない一六七機ではあったが、それでも当時からすれば大編成の攻撃部隊であることに変わりはない。

第一次攻撃部隊からヒッカム飛行場の制空権を託されたのは、制空隊麾下《きか》の『赤城』戦闘機隊分隊長進藤三郎大尉が率いる九機の零戦である。

進藤大尉は、零戦の初陣で敵部隊を壊滅させたときの指揮官として名を馳せた名操縦員だ。

前方を凝視していた進藤の目に、一瞬キラリと光が弾けた。敵機らしい点を発見したのである。

進藤がすぐさま愛機の翼をバンクさせると、小隊二番機が応じた。

点の主は、怒りに包まれたアメリカ陸軍航空部隊パイロット、ジョージ・アダムス中尉が指揮する八機のカーチスP40『ウォーホーク』であった。

この当時のアメリカ陸軍航空部隊の主力戦闘機であるP40『ウォーホーク』は、名門メーカーのカーチス社が製造した機体で、重量四・一七トン、全長一〇・一五メートル、最高速度は五五二キロである。兵装は一二・七ミリ機銃六挺と悪くはないのだが、戦闘機としての能力はとっくに限界がきている老朽機であった。

それでもなおアメリカ陸軍がカーチスP40『ウォーホーク』を使い続けているのは、頑丈な機体と生産性の高さのためである。

零戦についての噂をアダムス中尉も聞いていないわけではないが、アメリカ人特有のプライドの高さがその噂を話半分と受け取らせていた。

「ちっ。極東の黄色い猿が造った戦闘機など、どれほどのものがあるかよ」

アダムスは零戦の噂話を聞かされるたびに、そう断じた。

実際は、性能的に大きな差がある上に、このプライドがアダムス隊の運命をドッグファイト以前に決めていた。アメリカン・スピリットに満たされたこの男は、まだそのことを知らない。

アダムスにはさほどの作戦はなかった。正面からぶち当たり、粉砕する。それがアダムスの作戦と言えば言えた。

それに比べ戦いを知り尽くしている進藤大尉は、敵を見くびったりはしない。敵がどんなに凡機であろうと、それは変わらない。

慎重かつ大胆に攻める。それこそが進藤の信条であった。

進藤は敵の機影をはっきりと確認できる距離で、部隊を急上昇させた。

太陽を背にして攻撃を仕掛けるのは、ドッグファイトにおいて、ある意味、常套手段である。

しかし、日本軍の能力や製造技術を過小評価しているアダムスは余裕の態度を崩さなかった。

「ちっ。姑息《こそく》な真似を」

舌打ちして、アダムスも操縦桿を引き、追撃に入った。

それは瞬時に起きた。

上昇していた零戦が鮮やかに反転したのである。明らかに『ウォーホーク』の背後を狙っているのだ。

「ふざけるなよ！」

アダムスが零戦に背後を取らせまいと愛機を滑らせる。

だが次の瞬間、アダムスのあふれるほどの自信に翳《かげ》りが生まれた。

振り払えたと思った零戦が、自分の背後に回り込んでいたのだ。

「くそったれ！」

アダムスがスロットルを開ける。

グォ――――ン。

アリソンエンジンが唸《うな》りを上げ、全身に激しいGがかかった。

(振り切ったろう)と思って背後を窺《うかが》ったアダムスだったが、今度は完全に凍り付いた。

「ば、馬鹿なっ……」

アダムスの言葉が、零戦の放つ二〇ミリ機関砲弾の発射音で途切れた。

ドドドドドッ！

頑丈が売り物の『ウォーホーク』だが、二〇ミリ機関砲弾をまともに喰らっては無事であるはずはなかった。

ゴゴゴッ。

アダムス機は異音を発しながら、速度を失った。同時に機体から滲み出した燃料が発火し、アダムス機は爆発した。そして真っ赤な炎の花が空中に咲き、砕けた。

アダムス機の最期を、彼の部下たちが目撃することはなかった。部下たちは部下たちで、必死に逃げまどっていたからである。

だが、それも長くはなかった。隊長から十分な訓戒を受けている『赤城』戦闘機隊の隊員には、油断も容赦もなかったのだ。

ズドドドドッ！

ガガガガガガッ！

七・七ミリ機銃弾を受けた『ウォーホーク』は翼を失い、錐《きり》もみしながら海の地獄へと落ちてゆく。

また、キャノピーに二〇ミリ機関砲弾を直撃された機は、パイロットを失って失速しながら墜落していった。

冷静に敵部隊の壊滅を確認してから、進藤大尉は翼をバンクさせ、部隊を再びホイラー飛行場に向けた。

臨時司令部となった太平洋艦隊司令部専用防空壕に避難したキンメル長官は、拭いても拭いてもあふれ出てくる脂汗を必死に拭《ぬぐ》っていた。

事態は最悪だった。

複数の戦艦が撃沈され、パールハーバー基地は炎上地獄と化している。

そして今また第二次攻撃部隊が飛来し、被害は増えつつあった。

救いは第一次攻撃部隊が去って第二次攻撃部隊が飛来するまでに若干の時間があり、アメリカ軍も当初よりは反撃を強めていたことだ。

しかしそれにも限界があり、増え続ける被害を抑えきるほどのものではない。

痛いのは、陸軍飛行場が大きな損害を受けたことだ。キンメルは唇を噛んだ。

空母をパールハーバー基地から出していた太平洋艦隊は、真っ先に陸上基地を叩かれて、まったくと言っていいほど航空兵力を失っていた。

本来ならそのサポートは陸軍の航空兵力が行なうことになっているのだが、日本軍が抜け目なく陸軍航空基地を撃破していたため、アメリカ陸海軍とも航空兵力は無きに等しかったのだ。

もっとも、このときキンメルはまだ気づいていないが、太平洋艦隊が空母をパールハーバー基地から出していたことはラッキーだったのである。

もし基地に係留してあれば、日本海軍は戦艦よりも空母を優先的に攻撃していたはずだからだ。

航空戦こそが戦争の勝敗を決するであろうと読む山本五十六は、そう命令していた。

事実、ハワイ作戦後、空母を撃ち漏らしたことに、山本は悔しそうな表情を作るのだが、これは後の話である。

ドドドーーーーン。

地下にある防空壕に、小さく爆発音が響いて司令部員たちは眉をしかめる。ここが破壊されることはないだろうが、不安がないというわけでもない。重苦しい空気が、防空壕内にたれ込めている。

キンメル長官は深いため息をつくと、目を閉じた。瞼の裏に浮かんだのは、アメリカ合衆国第三二代大統領フランクリン・デラノ・ルーズベルトの悪意のこもった冷笑だった。

（ルーズベルトめ。間違いなく俺を無能呼ばわりするだろうな……）

キンメルは再びため息をつく。

一九三三（昭和八）年に大統領に初当選してから三期の任を続けるルーズベルトは、一見、人当たりは柔らかいが、気に入らなかったり、ミスを犯した者には決して優しくはない。

（だが、日本軍がここに攻め入ってくるなどと、いったい誰が予測できたというのだ）

キンメルはルーズベルトの冷笑を必死に振り払い、そう思った。

むろん予測した人物がいなかったわけではないことをキンメルは知っているのだが、激しく混乱して熱を帯びた彼の脳は、それを思い出そうとはしなかった。

いや、おそらくは、強烈な自己防衛意識が、その事実を思い出すことを避けていたのだろう。

予測できない以上、俺に責任はない。混濁を深め始めたキンメルの思考は、何度も堂々巡りを続けるのであった。

「また一隻沈んだようです」

副官の報告に、キンメルは薄く瞳を開いた。実際は開きたくなかったし、耳も覆いたかったが、さすがにそこは司令長官らしく耐え忍んだ。

「被害の正確な数字はまだ出んのか」

キンメルが問う。

無理なことはわかっていた。現在も攻撃は続いているのだ。そんなものが出るはずはない。

案の定、副官は力なく首を左右に振ったが、その目にわずかにだがキンメルを非難する色を認め、キンメルは軽く咳込む真似をした。

昨日までのキンメルなら副官を怒鳴りとばしたろうが、今の彼にはその程度の闘志も消え失《う》せていた。


「議論の余地はない」

第一航空艦隊旗艦空母『赤城』の艦橋で、南雲長官はきっぱりと言った。

「第三次攻撃部隊の編制を」と南雲に意見具申したのは、次席指揮官で第三戦隊司令官の三川軍一《みかわぐんいち》中将だった。

ハワイの軍備および港湾の施設が手つかずであるからそれを撃破すべし、というのが三川の具申の内容である。

実は第二航空戦隊指揮官の山口多聞《たもん》少将も、具申ではないものの、南雲にその気があるのなら第三次攻撃部隊の出撃は可能であると、連絡をしてきている。

山口も三川の意見と同じ思いを持っていたからだ。

山口が具申ではなく単なる連絡にしたのは、どうせ具申したところで、南雲が第三次攻撃部隊を編制をすることはないだろうと読んでいたからである。

そして山口の読みは、

「議論の余地はない」

という南雲の言葉で証明された。

このときのことを聞いた山本五十六は、

「しかたあるまい。あいつを選んだのは俺だからな」

と言ったが、南雲の選択を受認したわけではないことは、山本が作った渋面《じゅうめん》が証明していた。


「ハワイ・パールハーバー基地奇襲さる」の報告を受けたフランクリン・D・ルーズベルト大統領は、即座に議会を招集し、対日戦の許可を求めた。

議会は満場一致でそれを採択した。

議会場でルーズベルトは拳を高々とさし上げると、後に伝説と化す次の言葉を絶叫した。

「リメンバー、パールハーバー」

『2』

パールハーバーの北西二〇〇マイルをフルスピードで進むのは、ウィリアム・F・ハルゼー中将が指揮するアメリカ太平洋艦隊第8任務部隊の艦艇だった。

第8任務部隊は空母『エンタープライズ』を擁する機動部隊で、重巡三隻と駆逐艦九隻を従えていた。

ハルゼー中将が日本軍によるパールハーバー攻撃を知ったのは、ウエーク島に海兵隊戦闘機部隊を運び終えた帰途の海原であった。

「ブル」とあだ名され、勇猛果敢さで名を轟《とどろ》かすハルゼーは烈火のごとくに激怒し、日本艦隊攻撃の許可をキンメル長官に求めて打電したが、入れられず、キンメルの答えは、

「大至急で帰還せよ」というものであった。

ハルゼーはより顔を紅潮させ、キンメルを悪《あ》し様《ざま》に罵った。

もともと攻撃的なタイプのハルゼーと、温厚派のキンメルはそりが合わないところがあり、これまでにも何度かの衝突があった。

日本軍が合衆国軍基地のどこかに攻撃を仕掛けてくる可能性は否定できないと、ハルゼーは考えており、キンメルに向かってその準備を再三に渡り進言していた。しかし、キンメルの対応は鈍く、ハルゼーを苛《いら》つかせていたのだ。それだけに、今回の日本軍の攻撃は、日本軍に対する怒りは当然として、キンメルにもその矛先《ほこさき》は向けられていた。

キンメルは、ハルゼーの希望を無視したのだ。ハルゼーの怒りの大きさが想像以上だったのは、当然だろう。

もっとも、ハルゼーも日本軍がハワイ基地を攻撃してくることまでは予想しておらず、もし攻撃してきても、今回、部隊を送り届けたウエーク島あたりと思っていた。

「マイルス。俺はキンメルなんぞ無視しようと決意したが、問題はあるか」

ハルゼーにファーストネームで呼ばれた第8任務部隊参謀長マイルス・ブローニング大佐は、にっこり笑うとうなずいた。

「提督が決心されたのなら、私は従うしかありませんね。ただし提督、これが最後の戦いになることを覚悟してください」

「！　……最後の戦いだと？」

「そうです。敵の艦隊は、空母六隻を擁する大艦隊です。こちらがどんなにうまく立ち回ったとしても、全滅することは間違いないでしょう。もちろん提督のお名前は、合衆国中に英雄として喧伝されるはずです。私はその栄光を同時に甘受《かんじゅ》することを喜びとするでしょう……」

ブローニングはそこでいったん言葉を切り、唇を軽く舌で舐めてから続けた。

「ただし、同時に、アメリカ太平洋艦隊の終焉の立役者として、提督のお名前が記録される可能性もありますけどね」

静かでてらいを少しも感じさせないブローニング参謀長だが、その言葉の背後にブローニングの本心が隠れていることをハルゼーは悟った。

「……絶対に勝ち目はないというのか。大艦隊相手では……」

「私は数だけで申し上げているのではありません。古今の戦史をひもとけば、わずかな戦力で強大なる相手を破り去った事実を知ることができるでしょう。

しかし今回は、無理だと判断しました。輸送のための航海だったこともあり、我々の準備不足は否《いな》めませんし、兵たちの目の多くは、違う意味でパールハーバーに向いているからです。そう、彼らは帰りたがっています」

「叩く気力が無いと言うことか……奴らには闘志が、無いと」

「提督ご自身もお気づきになっているのではありませんか、彼らの気持ちを……」

「……まあ、気配は感じている」

「今度の戦争は、長い戦いになるかもしれません……チャンスはまだ十分に訪れるでしょう。

　私は、提督が功を焦《あせ》るような人間ではないことを知っています。ですから今回の追撃も、提督が功を狙っているのではないことはわかっています。いかがでしょうか」

　穏やかなブローニングの声に、ささくれ立っていたハルゼーの心が少し緩んだ。

「準備不足に、士気の問題か……」

「はい」

「……少し時間をもらおう。俺という奴は、一度激すると自分の気持ちをセーブするのが難しいんだ」

「わかっています」

　ブローニングがうなずくのを見て、ハルゼーは艦橋を出て司令官室に入った。

　フーッと大きく深呼吸すると、棚のバーボンのビンを掴んでグラスに注ぎ、一気に飲んだ。

熱い液体が喉から胃に落ちて、そこで燃えた。

その分だけハルゼーは、冷静さを取り戻してゆく。

「俺は運がいいようだ。マイルスのような参謀長は、そうそういないからな」

ハルゼーは苦笑を浮かべると、壁際のソファに転がった。

五分後、ハルゼーの口から威勢のいいイビキが響き渡った。

「ブル」は寝ているときも「ブル」だった。


「ブル」が眠りについている頃、アメリカ合衆国の首都ワシントン・D・Cの大統領執務室は、冷えた熱気のような不可思議な雰囲気に満たされていた。

「大統領閣下は日本軍がハワイを奇襲することを、本当にご存じではなかったとおっしゃるのですね」

恨めしげに聞いたのは、古手の海軍作戦部長だ。

「くどいな」

アメリカ合衆国第三二代大統領フランクリン・D・ルーズベルトが、苦々しそうに眉間をひそめた。

「しかし……そういう噂があるのです。日本の奇襲作戦の前、我が国の世論は厭戦気分が強く欧州戦に参加したことにも批判的な声がありました。となれば、対日戦などもってのほかです。

しかし、日本のほうから攻撃を仕掛けてくれれば話は別です。とくに今回のように、宣戦布告前の奇襲となれば、あらゆる面で公平を重んじる我が合衆国国民が黙っているはずはありません」

「だから君は、私が日本の奇襲を知りつつ、知らないふりをして攻撃させた、と言うわけだね」

不愉快げに指でデスクをコンコンと叩きながら、ルーズベルトは睨むように海軍作戦部長を見た。

答えようとした作戦部長を制し、ルーズベルトが続けた。

「私に悪意のある者たちがそのような噂話をでっち上げていることは、私の耳にも入っているよ。だが、優秀な私のブレーンでもある君が、そんな与太話を信じるとは残念だよ。うん、実に残念だ」

作戦部長の顔から、血の気が引いてゆく。

「それは、私が無用だということでしょうか」

大統領に嚙みついたのだ。それなりの覚悟があったのだろうが、それでもやはり作戦部長の顔は青白く震えた。

「うん。そう取ってもらって結構だよ。マイク、もうすぐ引退する作戦部長のためにドアを開けてさしあげてくれ」

ルーズベルトが声をかけると、部屋の隅で椅子に座り静観していた初老の男、マイク・ニューマン大統領補佐官が立ち上がり、ドアに向かった。

作戦部長は悄然とした顔で、大統領補佐官の開けるドアから出て行った。

ニューマンがドアをゆっくりと閉じると同時に、それまでの余裕がルーズベルトの顔から消えた。

「情報漏れは大丈夫だろうね、マイク」

「その点はご安心を」

「うむ」

答えてから、ルーズベルトは眼鏡を外して疲れをほぐすように目元を指でマッサージした。

海軍作戦部長の疑念は、半分は正解である。

日本外務省の暗号を、アメリカ合衆国政府の諜報機関は完全にではないが解読していた。

それによって、場所や日時の詳細までは無理だったが、一二月の上旬に日本軍が奇襲作戦を敢行することを大統領は知っていたのである。

それを公《おおやけ》にしなかったのは、まさに作戦部長が言った通りだった。

日本軍が合衆国に対して攻撃するであろうことは知っていたが、ハワイとまでは知らなかった。それが事実だ。

「それにしても、パールハーバーばかりか、ハワイ全体の被害は大きすぎたな。別の場所で、しかももう少し被害の度合いが低ければ、私に敵対する連中の発言も、もう少し穏やかだったろうに……」

「それは致し方のないことではないでしょうか、大統領閣下。戦争に犠牲はつきものですから」

「それはわかっているよ、補佐官」

ルーズベルトが酷薄な笑みを浮かべながら、続けた。

「それに、戦争での犠牲自体はこれからもっと増えるのだからね。私はそのことをどうこう言っているのではないさ。あくまで、敵対する連中の反応に対して大きすぎたということだよ」

「なるほど」

「まあ、被害で問題があるとしたら、太平洋艦隊がしばらく機能できないだろうということだが、それは大西洋から少し回せば当座はしのげるし、軍需産業の尻を叩けば、ハワイで失った分ぐらいは数年も経たずに回復できるだろう。違うかな、補佐官」

「……ええ、おそらく大統領閣下の読み通りかと」

「よろしい。それでは大至急、ノックス海軍長官を呼んでくれないかな。作戦部長の後任について相談する必要があるからね」

「承知しました」

「その後は、しばらく一人にしてもらおうか」

「はい」

ニューマン大統領補佐官が出て行くと、ルーズベルトは体の力を抜き、楽な姿勢を取った。無理の利き難《にく》い年齢になってきたことを実感する瞬間だ。

とはいえ、精神的にはまだ十分な気力がルーズベルトには漲《みなぎ》っていた。

『3』


日本軍の攻撃から一週間後の一二月一五日、アメリカ太平洋艦隊第8任務部隊指揮官ウィリアム・F・ハルゼー中将は、司令部に呼ばれた。

第8任務部隊がパールハーバーに帰還して、すでに五日が経っている。

ハルゼーは参謀長のマイルス・ブローニング大佐の考えを入れて、いったんパールハーバーには戻ったが、部隊を再編成し、準備が済みしだい日本軍を追撃するつもりでいた。

ところがこのときの司令部は、まったくとして機能していなかったのである。

ほぼ解任が決定的な太平洋艦隊司令長官ハズバンド・E・キンメル大将は任務を放棄しており、部下のウィリアム・パイ中将に一任していたのだが、このパイ中将がガンだった。

根は小心なくせにプライドばかり高いパイ中将は、失敗を恐れて決断というものをなかなかせず、焦れたハルゼーがパイ中将を怒鳴りつけてあわや殴り合いという事態となった。

周囲の取りなしでその場は収まったが、数日後、第8任務部隊が先日行ったばかりのウエーク島に日本艦隊が進出してきたという情報が飛び込み、ハルゼーは再びパイ中将に出撃を懇願した。

その返事が今もってなかったので、ハルゼーは、司令部からの呼び出しは当然そのことだと思った。

ところが司令部に行ってみて、ハルゼーはパイ中将の言葉に愕然《がくぜん》とする。

「ウエーク島にはフランクに行ってもらうことにしたからな。君は待機していてくれたまえ」

フランクというのは、フランク・フレッチャー少将のことで、巡洋艦部隊の指揮官である。

「空母はどうするんだね、司令長官代行。巡洋艦部隊だけで行かせてことが足りると思っているのか、君は！」

「抜かりはないよ、ハルゼー。『サラトガ』を使うつもりだよ。機動部隊だ」

「馬鹿を言うな！　フレッチャーは機動部隊指揮官の経験が無いんだぞ。駄目だ駄目だ。その仕事は俺の仕事だ！　俺が行く」

ハルゼーが怒鳴る。

「勝手なことを言うな、ハルゼー。これは司令長官の命令だ。それともなんだ、君は軍法会議がお望みかね」

パイ中将が嫌みったらしい顔で、ハルゼーを睨んだ。

「結構だ。だがその前に、ウエーク島には俺が行くぞ！」

ハルゼーが頑固者らしく胸を張る。

その背中を叩いたのは、同道してきたブローニング参謀長だった。

「止めるな、マイルス。こんな奴の命令に従っていたら、わが合衆国は負けるぞ」

「大丈夫ですよ、提督。確かに私もフレッチャー少将の派遣には若干不安があります。しかし、軍法会議はいけません。提督は引退するにはまだ早すぎますからね」

「うるさい！　俺はやると言ったらやる！」

拳を振り上げてハルゼーが息巻く。

「パイ中将。確か、新任の長官が年内にも来られるのですよね」

ブローニングが状況を変えるように、聞いた。

「そ、それは……」

パイ中将が口ごもる。

まだ誰が来るかまでは決まっていないようだが、確かにブローニングの言う通り、本国からそういう連絡が入っていた。

ハルゼーの表情が、少し穏やかになった。ブローニングの言おうとしていることに察しがついたのだ。

パイ中将の仕事は、今月いっぱいで終わる。それまでの我慢だと、ブローニングは言っているのである。

「……なるほど。そういうことか、マイルス」

「おわかりいただけましたか」

ブローニングが皮肉っぽく言った。

「帰ろうか、マイルス。酒でも飲んで騒ぐとしようぜ」

ハルゼーは機嫌を直したのか、明るく言ってドアに向かった。それをブローニングが追う。

二人が消えた後、パイ中将はデスクにあった灰皿を床に投げつけた。完全に舐められていると思ったからだ。

フレッチャー少将が司令部を訪れたのは、パイ中将がどうにか怒りを鎮め終えたときだった。

「私がですか」

機動部隊指揮官就任の命に、フレッチャーが目を大きく見開いて聞いた。

「しっぽを巻いて逃げるかね。機動部隊は指揮できないと」

「い、いえ。そんなことはありません。やれると思います」

「思いますでは困るんだよ、フレッチャー少将。きっちりと任務をこなし、ハルゼーの鼻をあかしてもらわなければな」

ハルゼーの名を聞いて、フレッチャーにはピンと来るものがあった。

これまでに派手に争ったことから、今や太平洋艦隊内でハルゼーとパイの確執を知らない者はいない。

そのハルゼーを出撃させまいと、パイが意地悪をしたのだろう。そして自分にその仕事が回ってきたのだと、フレッチャーは得心した。

実に子供っぽく心の狭いパイの行動だが、自分にとっては悪くないとフレッチャーは考えた。

ハルゼーを嫌ったり恨みを抱いているわけではないが、好きだったり尊敬したりしているかというと、それもない。

なぜなら、フレッチャーから見ると、ハルゼーという男は強引で頑固、自分の思い通りにいかないとへそを曲げる厄介な人物に見え、その点でフレッチャーが理想とする提督像では決してなかったからである。

その意味でならば、確かにフレッチャーはハルゼーに対し批判的と言えた。

（ハルゼーと俺は違うのだということを示してみせる、いいチャンスかもしれない）

フレッチャーの判断は早かった。

「わかりました、パイ中将。いえ、司令長官代行。必ずご期待に添えるよう努力いたします」

「うん。君なら必ずそう言ってくれると思っていたよ。頼むぞ、フレッチャー少将」

パイ中将はホッとしたように、大きくうなずいた。

正直に言えば、パイとて、フレッチャーの手腕を認めていたわけではない。

しかし、もともと人望の薄いパイには、ほかに選べる人材を持っていなかったのだ。

だから内心では、フレッチャーに不安を抱いていたというのが本当のところだった。

その二日後の一七日、フレッチャー少将指揮でパールハーバーを出撃したのは、空母『サラトガ』ほか重巡三隻、駆逐艦九隻を主力とし、海兵隊、武器、弾薬らを運ぶ水上機母艦および輸送船などによって編制された第14任務部隊であった。

ブローニング参謀長になだめられ、パイが任をする本年いっぱいは我慢しようと決めたハルゼー中将だが、就航してゆく第14任務部隊を見ると怒りが再燃したのか『エンタープライズ』の司令官室に飛び込んで、第14任務部隊が見えなくなるまで出てこなかった。

(相変わらず子供っぽい人だ)と、ブローニング参謀長は腹で苦笑したが、ハルゼーに対する思いが変わることはない。

(世間では、ジェントルマンこそが優秀な人物と考えている。間違いではないだろうが、それは一般的な人物像の場合であって、軍人として優秀であるのとは違う。

なぜなら、軍人に課せられる任務というものは常に非日常的なものだからだ。戦場では、常識やセオリーなどはほとんどと言っていいほど通用しない。そういう状況を指揮できるのは、決してジェントルマンではないのだ。非常識であったり欠陥人間だったとしても、それと指揮能力とはまったく別物なのだ。ハルゼー提督とはまさにそういう人物だ)

ブローニングは、そう考えていた。

(そう言えば、フレッチャーという人はうちの提督と違ってジェントルマンだとい

う話だが……まあ、お手並み拝見と行くかな）
ブローニングは第14任務部隊の航海する海原を見て、楽しそうに笑った。

パールハーバーを出て三日目、第14任務部隊は航路のおよそ半分の海原にあった。

パールハーバーからウエーク島まではおよそ二〇〇〇マイル、通常の機動部隊なら三、四日の距離である。

ところが、このときの第14任務部隊には老朽した輸送艦が数隻混じっていたため、船速は一〇ノットと鈍亀《ドンガメ》だった。

「まだ半分ですね、提督。下手をすると、日本軍の艦隊は我々が着く前にいなくなってしまうかもしれませんよ」

旗艦空母『サラトガ』の艦橋で焦れたように言ったのは、第14任務部隊参謀長に就任したウィリアム・G・マイヤーズ大佐である。

マイヤーズ大佐は、これまでもフレッチャー少将の巡洋艦部隊での参謀長だったが、今回もフレッチャーに請われて、第14任務部隊でも参謀長を勤めることになった。

作戦立案ではなかなか緻密なところを見せるのだが、性格的にはややがさつなところがあるため、フレッチャーもその点には不安を感じていた。だが、周囲にはマイヤーズに勝る適任者がいなかったのである。

「いまだウエーク島が奪われたという報告はないし、現地の部隊もあと四、五日は抵抗できると言ってきているんだから、案ずることはないよ、マイヤーズ参謀長」

「しかし、ウエーク島の部隊の言葉があてになりますかね……」

「あてにできないというのかね？」

　フレッチャーの質問に言葉では答えず、マイヤーズは首を傾《かし》げてみせただけである。

「焦ることはないよ、参謀長。焦りは警戒に対する油断を生む。となると、ここいらの海底に潜んでいるかもしれない敵潜水艦にスキを見せることになるからね」

「ええ。その点は同感です。提督のおっしゃる通りだと思いますが……」

　そのときだ。

「提督！『ダウンズ』から敵潜水艦発見の報告です！」

　たった今、話していたことが的中し、フレッチャーとマイヤーズは顔を見合わせた。

　駆逐艦『ダウンズ』は、陣形の後尾で輸送艦の護衛の任にあたっている艦だ。

「参謀長。『ダウンズ』の近くにいる駆逐艦は?」

「『ファニング』が近いかと」

「よし。両艦に攻撃に向かうよう命じたまえ。確実に葬《ほうむ》り去れとな」

「了解」

『ダウンズ』に発見されたのは、第六艦隊第一潜水戦隊に所属し、〈真珠湾奇襲作戦〉にも参加した『伊《い》九号』潜水艦であった。

『伊九号』潜水艦は大型の甲Ⅱ型一等潜水艦で、基準排水量は二四三四トン、全長一一三・七メートルで、速力は水上二三・五ノット、水中八ノットだ。

兵装は五三センチ魚雷発射管六門、一四センチ砲一門、二五ミリ機銃二挺で、航空機を一機搭載していた。

艦長は、潜水艦一筋の藤井明義中佐である。

「艦長。敵の駆逐艦です」

「ちっ、見つかったか。致し方ない。無理は禁じられているからな。逃げるぞ」

藤井艦長も敵に応戦したい気は十分にあったが、このときの『伊九号』はインド洋への転戦を命じられており、この艦隊との遭遇はその途中の出来事だったのである。

「艦長！　敵潜水艦が離れてゆきます。逃げるつもりでしょうか。それとも、コースを変えて別の方向から攻撃を仕掛けてくるつもりなんでしょうか」

『ダウンズ』のソナー士が、言った。

「わからん……な。だがとにかく今は追うしかないだろう」

『ダウンズ』の艦長が、紅潮した顔で命じた。

しかし、艦長には不安がある。まだ敵との距離がかなりあるし、敵潜水艦が深く潜航してエンジンを止めでもすれば、発見は相当に難しいのだ。

艦長の不安は的中する。やがて敵潜水艦の気配が消えてしまったのである。

それでもしばらく『ダウンズ』と『ファニング』の二艦は敵潜水艦の発見に努めたが、ついに発見できずに戻るしかなかった。

「逃げたということでしょうね」

駆逐艦からの報告に、マイヤーズ参謀長が悔しそうに言った。

「しかし油断は禁物だぞ、参謀長。日本海軍は奇襲がお好きなようだからな」

フレッチャーが、参謀長の言葉を抑えるように言った。

そしてまたもやフレッチャーの不安は見事に的中する。
それも、彼の予想以上の悲劇となって。

第二章　初　陣

『1』

青い空を背に日章旗をはためかせた艦隊が、大西洋の荒波を切り裂くように高速で進んでゆく。

一般的に見られる普通の艦隊ではない。まず、中央を進むのは巨大な空母。それは今までのどんな巨艦も小さく見えるほどに、巨大だった。

艦名は『大和』。超弩級《どきゅう》戦艦として計画された軍艦を戦闘空母に改装したものである。

『大和』のすごさは、大きさだけではない。

兵装もすごい。対空砲を中心に、まさにびっしりと砲が装備されているのだ。いかにも航空戦を意識した形だ。

もっとも、『大和』の兵装は表面から見えるものだけではないことが後《のち》に判明する。

が、普通でないというのなら、『大和』の後ろを付き従うように走る重巡洋艦『八《はち》幡《まん》』と、陣形後方にいる姉妹艦『初穂《はつほ》』のほうが普通ではなかった。いや、『八幡』と『初穂』は異形《いぎょう》とさえ言える軍艦だったのである。

両艦の艦体は、上から見るとほぼ楕円形なのである。それも、ゴムボールをやんわりと潰した程度の楕円なのだ。

その楕円の甲板には、主砲（とはいっても軽巡級が搭載している一四センチ砲）と対空砲がハリネズミのように装備されており、それは全方位の敵を葬《ほうむ》り去るための兵装であった。

主砲の大きさと対空砲の数から、『八幡』と『初穂』は、はじめから艦砲戦をほぼ無視した計画で建造された軍艦といえる。

だが、『八幡』と『初穂』の異形さはこれだけではない。本来こういった形状の艦体では、水の抵抗を受けて速力は相当に低いはずなのに、かなりの速さで進んでいた。

『八幡』と『初穂』の艦体は、海面から浮いているのだ。そう、両艦は水中翼船だったのである。

しかし、『大和』がまだその力を秘しているように、この艦隊——空母『大和』率いる超武装艦隊自身にも、まだまだ大きな謎が秘められているのであった。


「索敵機が敵艦隊を発見しました」

そう言ったのは、『大和』超武装艦隊参謀長の仙石隆太郎《せんごくりゅうたろう》大佐である。

痩身で身長も高く、その外見から性格まで線が細いと誤解されがちだが、太い肝《きも》を持つ武人であった。

「うむ」と唸《うな》るようにうなずいたのは、『大和』超武装艦隊司令長官竜胆啓太《けいた》中将である。

こちらは厳つい顔だが、目には優しさが浮かんでいる。身長は日本人としては平均的、やや小太りで背筋をピンと伸ばした姿勢には、彼の意志の強さが表われていた。

「空母一、重巡三、駆逐艦八ないし九。他に輸送部隊か……ウエークへの支援部隊と見て間違いないな、参謀長」

「はい、間違いないでしょう」

仙石が竜胆の言葉に、嬉しそうに応えた。

「まずは空母だな」

「ええ、先日のハワイ作戦で空母を撃ち漏らしたことを、山本長官はずいぶんと残念がっておられたようですからね」

仙石がうなずいた。

「よし。出撃だ。初陣を華々しく飾れと言ってくれ」

気迫を込めた声で、竜胆が命じた。

『大和』超武装艦隊の航空兵力は、旗艦空母『大和』と、麾下《きか》の二隻の中型空母『麟《りん》鶴《かく》』『飛鶴《ひかく》』を合わせて二三三機（うち一七機が補用）である。

竜胆は初陣の航空攻撃部隊に、半数に迫る九六機を投入した。

内訳は、零式艦上戦闘機二四機に九九式艦上爆撃機三六機、そして九七式艦上攻撃機三六機であった。

攻撃部隊の指揮を執ったのは、艦爆部隊の指揮官も兼ねる『大和』飛行隊長木月《きづき》武《たけし》中佐である。

勇猛を絵に描いたような男で、初陣を飾るにふさわしい人物であった。

アメリカ太平洋艦隊第14任務部隊のヴォートOS2U『キングフィッシャー』偵察機が『大和』超武装艦隊を発見したのは、『大和』攻撃部隊が出撃した一五分後だった。

偵察員は、はじめその艦隊が日本軍の艦隊であるかどうか、一瞬、訝《いぶか》しんだ。

彼の頭に詰まっているデータに、まったくない艦隊だったからである。

「もう少し高度を下げられないか。詳しく見たいんだ」

偵察員がパイロットに指示した。

答えの代わりに、偵察機は緩やかに高度を下げてゆく。

そのときだ。

偵察員が、「逃げろ！　左から敵機だ！」と絶叫したのである。

眼下に気を取られていたため気づかなかった敵の機影を、今、発見したのだ。

「ちっ」

パイロットが舌打ちして、愛機を右に捻《ひね》った。

ヴォートOS2U『キングフィッシャー』は巡洋艦などに搭載された水上偵察機で、最高速度は二六四キロ、兵装は七・六二ミリ機銃が二挺である。

迎撃に来た零戦に対抗できるはずはなかった。

ドガガガガッ！

零戦の発射した七・七ミリ機銃弾が、哀れな偵察機の機体を引き裂いた。

すぐに『キングフィッシャー』偵察機は炎に包まれて炸裂した。

「なんだと！　偵察機が敵の機動艦隊を発見しただと！」

旗艦空母『サラトガ』の艦橋で、第14任務部隊指揮官フランク・フレッチャー少将が怒鳴った。

「位置から見て、ウエーク島を攻撃している艦隊とは別物ですね、提督」

マイヤーズ参謀長が、これまた形相《ぎょうそう》を変えて言った。

「数はどうなんだ！　艦隊の規模は！」

「そ、それが、無線が途中で途切れたために詳細がわかりません。ひょっとすると撃墜された可能性があります」

「撃墜だと……」

フレッチャーが、唇を噛みしめる。

「攻撃しましょう、提督。敵の規模がわからないのは残念ですが、放っておく手はありません」

マイヤーズが勢い込んで、言った。

「まあ、待て、参謀長。君の気持ちもわからないではないが、問題は敵の艦隊が私たちを発見しているかどうかだ。もし発見されていたとしたら、敵は攻撃部隊を出撃させたはずだ。その場合、攻撃部隊を出して航空戦力を割るのは賢いやり方じゃない。迎撃に戦力を集中すべきだ。普通の艦隊ならいいが、こっちは輸送部隊を抱えている。小回りが利かないんだぞ」

「そ、それはわかりますが……」

もっともな正論だけに、マイヤーズも口をつぐむ。

「とにかく、偵察機を増やして攻撃部隊の有無と敵艦隊の様子を探ることが先決だ。結果を知ってから策を練っても遅くはないはずだ」

フレッチャーはそう結論したが、機動部隊の初心者らしい姿がここにあった。

航空攻撃を、甘く見たのだ。

第14任務部隊の偵察機が日本軍の攻撃部隊を発見したのは、それから二〇分後である。第14任務部隊に敵部隊が到着するのに、一五分の距離であった。

フレッチャーは、日本軍攻撃部隊に向かって一六機のグラマンＦ４Ｆ『ワイルドキャット』を出撃させた。

レキシントン級空母の二番艦である『サラトガ』の航空戦力は、搭載する機種によって九〇機から一二〇機だが、このときの『サラトガ』が搭載していた『ワイルドキャット』は、三六機だった。

マイヤーズ参謀長はもっと多数を向かわせて一気に敵殲滅《せんめつ》すべきと主張したが、ウエーク島にいる艦隊に対する攻撃をも念頭に置いていたフレッチャーは、無理は禁物と、マイヤーズの意見を退《しりぞ》けたのだ。

フレッチャーは、ここでまたもミスを犯した。航空戦に不慣れな彼は、日本海軍の戦闘機に対する評価を、聞きかじっただけの知識で判断したのである。

日本軍の航空戦力など、たいしたことはないという風評を……。


「来たな」

『大和』分隊長で艦戦部隊の指揮官である市江田《いちえだ》一樹《かずき》中尉は、前方に現われた敵機の存在を確認してから愛機の翼をバンクさせ、それを部下に伝えるとスロットルを開いた。

ゴゴゴ――――ン。

エンジンが小気味よく鳴いて、市江田機が疾駆した。

一方のアメリカ軍迎撃部隊を率いているのは、フランコ・K・ザック大尉である。パールハーバーで多くの友人を失っていたザックは、復讐に燃えていた。

部下たちのほとんども思いは同じで、ザックに負けぬほどの恨みを、彼らは胸の奥底に秘めていた。

アメリカ軍迎撃部隊の駆るグラマンF4F『ワイルドキャット』は、名門航空メーカーのグラマン社が自信を持って製造した新鋭機である。

全長八・八メートル、全幅一一・六メートル、最高速度は五三一キロで、兵装は一二・七ミリ機銃四挺だ（後の改良型からは六挺になる）。

また、ハルゼー中将が『サラトガ』でウエーク島に送った『ワイルドキャット』が日本軍相手にかなりの活躍を示したことも、ザックたちアメリカ軍『ワイルドキャット』パイロットに自信を持たせていた。

互いに視認できる距離で、市江田隊は左に滑りながら降下した。

「逃がすか！」

『ワイルドキャット』部隊が追走する。

しかし、次の瞬間、零戦は滑らかに反転して『ワイルドキャット』の背後にピタリと吸い付いていた。

ドッグファイトにおいて、背後を取られるのは致命的だ。

あわてた『ワイルドキャット』隊は、零戦を振り払おうと反転し、あるいは機隊を滑らせたが、操縦性に勝る零戦の追撃を逃がれ得たのは、ほんの数機に過ぎなかった。

ドドドドドドッ！

ズガガガガガッ！

ガガガガガガガガガッ！

零戦の二〇ミリ機関砲と七・七ミリ機銃が、猛然と火を噴いた。

頑丈が自慢の『ワイルドキャット』だが、近距離で砲弾と銃弾を叩き込まれては無事でいられるはずはない。

天空の各所で『ワイルドキャット』が次々に爆発し、また、爆発は逃がれたものの黒煙と炎をなびかせながら海面へ落ちて行った。

それは、日本軍にしてみればまさに会心の勝利であり、アメリカ軍からすれば信じられないほどの悪夢である。

追撃を振り切れたザック大尉は、眼前で起きた悲劇がにわかに信じられないほどの衝撃を受けた。

「な、なんてこった……」

逃げようかという思いが、ザックの胸に一瞬は走った。そんな自分を必死に奮い立たせると、スロットルを開いて一機の零戦に向かう。

グオオ――――ン。

零戦を上回る一二〇〇馬力のエンジンが重く響くが、三トンに近い機体は零戦に比べ動きがひどく鈍い。

ザックは零戦の背後を取ることを諦め、突進してゆく。

血走ったザックの目が、こちらに向かってくる零戦をとらえた。

この状況では、銃弾が命中する可能性はかなり低い。

しかし、今のザックにはそれしか策がなかった。

「喰らえっ！」

ドガガガガガガッ！

ドガガガガガガガッ！

翼に装着された四挺の一二・七ミリ機銃弾が唸りを上げて叩き込まれたように見えたが、またしても零戦は滑らかに身をよじって、ザックの機銃弾から身をそらした。

「くそったれめ！」

絶叫したとき、ザック機がガガガッと激しく振動した。

その不気味な揺れで、敵の銃弾を受けたことをザックは悟った。

「こ、こいつは何者だ！　このジャップ機は何者なんだ！」

すでに挙動を失って落下を始めた『ワイルドキャット』のコックピットの中で、
ザック大尉は何度も同じことを叫び続けた。

「な、なんだと!?　迎撃部隊が壊滅しただと！」

叫んだものの、フレッチャー中将はまだ信じられないのか、しきりに首を振った。

「提督。新たな部隊を！」

マイヤーズ参謀長が、進言する。

「そ、そうだな」

言われたフレッチャーが、次の迎撃部隊に出撃を命じた。

だが、すでにそのとき、日本軍攻撃部隊は第14任務部隊に迫っていた。

低空で侵入した九七式艦攻が、九一式航空魚雷を放った。

白い雷跡が数本、綾なす糸のように『サラトガ』の右舷に伸びてゆく。

「取り舵いっぱ〜い！」

『サラトガ』の艦長が、必死に声を絞る。

ゴゴゴゴッ。

基準排水量三万六〇〇〇トン、全長二七〇メートルの巨軀《きょく》が、乗っている者をジリジリさせるほどゆっくりと回る。

「一本、回避！」

「残りは？」

フレッチャーが聞く。

「三本ですが、うち一本は先ほどの魚雷とほぼ同じコースですから回避できるでしょう。ですが、あと二本は苦しそうです」

額にびっしりと浮き上がる脂汗を拭《ぬぐ》いながら、『サラトガ』艦長が答える。

意外に声に余裕があるのは、まだ『大和』の存在を知らない『サラトガ』艦長が、三万六〇〇〇トンのレキシントン級空母を、世界最大で最強の空母であると信じているからだ。

事実、レキシントン級空母は、二、三本の魚雷の直撃を受けても沈没することはない設計になっていると言われていた。

「来るぞ！　直撃に備えて何かにつかまれ」

『サラトガ』艦長の言葉に、乗組員が固定物にすがりついた。

フレッチャーも、固定されたパイプを摑む。

ドガガ――――――ン！

魚雷の直撃に、さしもの『サラトガ』も激しく揺れた。

ドンッ。

ガタンッ。

ズンッ。

電撃の揺れで何人かが床に叩きつけられて、音を立てた。

そこに第二弾だ。

ズゴゴゴ――――――――――ン。

揺れが先ほどより激しいのは、着弾場所が艦橋に近いためだろう。

「艦長。被害状況は！」

揺れが弱くなると同時に、フレッチャー少将が叫んだ。

「もう少々お待ちください」

「艦長。今度は左舷です！」

見張員の悲痛な声が響く。

「何本だ!」

「現在確認できるのは二本ですが、敵の艦攻の数から見て、後数本は来るかもしれません」

「よし」

艦長が、左舷の海原を睨んだ。

「来ます!」

「面舵、いっぱ~い」

またしても艦長の声が艦橋に轟《とどろ》いた。

ゴゴゴゴゴッ。

再度、『サラトガ』は喘ぐように身を捻る。

しかしまたもや、『サラトガ』は二本の魚雷の餌食《えじき》となった。

しかも最後の一本は、左艦尾を直撃した。

「舵はどうだ!」

艦長の声には、これまでとは違う色があった。

「少し利き難《にく》くなっているようですが、致命的な被害ではなさそうです」

操舵手の答えに、艦長はやや胸をなで下ろした。

もし舵を失ったら、魚雷をいいように撃ち込まれることになるからだ。

そのときだ。

「あっ、駄目だ！　艦長。舵が利きません！」

操舵手が絶望的な声を上げた。

「提督。急降下爆撃が始まるようです！」

天空を見上げていたマイヤーズ参謀長が、絶叫した。

フレッチャーが艦橋の窓に近寄り、天空をあおいだ。

『サラトガ』をはじめ、部隊の重巡や駆逐艦の放つ高射砲弾の黒煙が流れる天空に、ひと目で艦爆とわかる敵の機影群が降下してくるのがはっきりと見えた。

ドガガガッ！

ガガガガガッ！

バリバリバリバリ！

対空砲弾が赤い炎の列になって艦爆を狙い撃つが、それを紙一重でよけるかのようにしながら艦爆は迫ってくる。憎いほどの巧みな操縦だ。

ガガガァァ――――ン！

グァァーーーン！

艦爆の放った二五〇キロ爆弾が『サラトガ』の飛行甲板を直撃し、炎と黒煙を噴き出す。

『サラトガ』の飛行甲板はそう柔《やわ》ではないのだが、直撃したのが飛行甲板とエレベータの境目だったらしく、甲板の一部がまくれ上がった。

それを標的に定めたのか、次の艦爆はそこをめがけて爆弾を叩き込んできた。

「な、なんて奴らだ！」

日本軍艦爆の腕の正確さに、マイヤーズ参謀長が思わず呆《あき》れたように唸った。

グァガガーーーーーン！

六発目の二五〇キロ爆弾がついに『サラトガ』の飛行甲板を貫き、そして艦内で爆発した。

それがどんなに危険なことであるかを誰もが知っており、一様に冷や汗を拭う。

敵の爆弾が爆発したのが空《から》に近い格納庫あたりなら大きな被害はないが、弾薬庫や機関部に飛び込んだら、いかに頑丈な『サラトガ』とて無事で済むはずはなかった。

「場所を報告させろ！」

命ずるフレッチャーの声が震えているのも、当然であろう。

そして、「格納庫です」という報告に安心したそのとき、黒煙をかいくぐってきた敵艦爆の爆弾が別の飛行甲板を貫き、爆発した。

ズガガガ――――――ン！

「まずい！　あそこの下は弾薬庫だ！」

艦長が悲鳴を上げた。

しかし、次に起きた爆発で、その悲鳴は消し飛んだ。

ズドドドド――――――――ン！

ゴゴゴグワァア――――――――――ン！

壮絶な爆発音が轟き渡り、三万六〇〇〇トン、全長二七〇メートルの『サラトガ』の艦体が激しく振動した。

「やられたのか、艦長！」

「間違いないと思います……」

答える艦長の声の語尾が途切れた。

「ともあれ消火班を弾薬庫に回せ！」

「む、無茶ですよ、提督。それでは死んでこいと言っているようなものです」

いつ誘爆を起こすかわからない場所なのだ。

フレッチャーはすぐに自分の非に気づいて、

「ああ、そうだったな。すまん」と詫びた。

グワガガ――――――――ン！

ドドド――――――――ン！

新たな爆発が続く。弾薬庫の弾薬や爆弾の破裂だ。

「提督。弾薬から発した炎が、機関室に迫っているようです」

「絶望かね、艦長……」

「そう申し上げるしかありません」

艦長が泣き出しそうな声で、言った。

「わかった。総員を退艦させ、司令部は重巡『サンフランシスコ』に移そう」

フレッチャーが、肩を落としながら言った。

初めての任務部隊指揮で無様《ぶざま》な結果を残したことが、激しく心を傷つけていた。

しかし、まだ悲劇が終わったわけではなかったのである。

『サラトガ』の最期を確信した残りの日本軍水平爆撃部隊（艦攻）が、『サラトガ』護衛に奮闘していた『サンフランシスコ』と駆逐艦に、攻撃目標を変えたのだ。

その結果、『サンフランシスコ』は煙突と前部主砲に直撃弾を受けて中破し、二隻の駆逐艦が撃沈された。

フレッチャーはやむなく駆逐艦『マッコール』に司令部を移して輸送船団を送る任務を再開しようとしたのだが、その意に反して、太平洋艦隊司令部を仕切るパイ司令長官代行からの指示は即時撤退であった。

フレッチャーは、「ならばウエーク島はどうなるのだ」と抵抗を試みたが、パイ代行の命令は変わることはなかった。

「あの、馬鹿が！」

思わず吐いたフレッチャーの言葉は、第14任務部隊全体の思いだった。


「やっと一隻ですか」

攻撃部隊の着艦を見ながら、仙石参謀長が複雑な表情で言った。

「開戦前の情報では、アメリカ太平洋艦隊には三隻の空母がいるということだった。今回撃沈した『サラトガ』、その同型艦の『レキシントン』、そして『エンタープライズ』だ。しかし、私はもっと増えるだろうと思っている」

竜胆司令長官が煙草に火をつけながら、言った。

「大西洋から呼び寄せるということですね」

「それもあり得るが、今、建造中の艦の建造を間違いなく早めるだろう。アメリカにはそれができる経済力と技術力があるからな」

「そうですね。陸軍や海軍の一部の首脳は、アメリカなど恐れるに足らずと盛んに息巻いているようですが、困ったものです」

凝った肩をほぐすつもりらしく、仙石が拳で肩を叩いた。

「今しばらくこのあたりを徘徊し、一隻でも多くの空母を叩く。それが我が艦隊の一番の任務というわけだ」

竜胆が灰皿に煙草を押しつけ、消した。

西の空が、今しも沈み行く太陽で真っ赤に染まっている。

それは怒りの赤か、凋落《ちょうらく》の地獄火か……。

竜胆はそんなことを思いながら、夕焼けを見続けていた。


『2』

海軍の〈ハワイ作戦〉に呼応するように、陸軍は〈南方攻略作戦〉に着手した。

攻略目標は、英領の香港、マレー、ボルネオ、ビルマと米領のフィリピン、オランダ領のジャワ、スマトラ、セレベス、チモール島などである。

実に広大な地域ではあるが、陸軍の鼻息は荒く、

「そう難しいことではない」

と参謀総長の杉山元《はじめ》大将などは豪語していた。

〈南方攻略作戦〉の中でも主要な作戦と位置づけられているマレー攻略の任にあったのは、山下奉文《ともゆき》陸軍大将が指揮する陸軍第二五軍である。

海軍からは小沢治三郎《じさぶろう》中将麾下の南遣《なんけん》艦隊が派遣され、周辺の海軍基地航空部隊も支援に当たることになっていた。

日本陸海軍の進撃は順調に進んでいたが、小沢はまだ目立った動きを見せないシンガポールのイギリス海軍東洋艦隊の存在が不気味だ、と感じていた。

戦前から日本軍の動きに不穏なものを感じていたイギリス海軍は、一一月の末に東洋艦隊の増援を済ませていたからである。

増援されたのは、新鋭艦で不沈艦との呼び声の高い戦艦『プリンス・オブ・ウェールズ』、レナウン級巡洋戦艦の二番艦『レパルス』、空母『アーク・ロイヤル』、そしてこれら三艦の護衛艦として本国から同道してきた四隻の駆逐艦だった。

『プリンス・オブ・ウェールズ』は、基準排水量三万六七二七トン、全長二二七・一メートル、最大速力は二八ノットで、主なる兵装は三五・六センチ四連装砲二基八門、三五・六センチ連装砲一基二門、一三・三センチ連装砲八基一六門、四〇ミリ八連装ポムポム砲四基三二門と、噂通りの強力艦である。

また、巡洋戦艦『レパルス』は排水量三万二〇七四トン、全長二四二メートル、最大速力三〇ノットで、主たる兵装は三八・一センチ連装砲三基六門、一〇・二センチ三連装砲五基一五門、一〇・二センチ単装砲四基四門、四〇ミリポムポム砲三基、五三・三センチ魚雷発射管二基と、これまたイギリス海軍が誇る優秀な軍艦であった。

そして空母『アーク・ロイヤル』は、本国艦隊に所属時にはドイツ戦艦『アドミラル・グラーフ・シュペー』の捜索や、大西洋海域の哨戒などで活躍したイギリス海軍の主力空母の一隻で、基準排水量は二万二〇〇〇トン、全長二四二・九メートル、最大速力は三〇・八ノットで、主な兵装は一一・四センチ連装砲八基一六門、四〇ミリ八連装ポムポム砲四基、搭載機数は七二機だった。

これら三艦の配備は、これまでのイギリス海軍東洋艦隊の戦力を倍加させた、と小沢は脅威を感じていたのである。

小沢の案じた東洋艦隊はこの三艦を主力とした「Z部隊」を新たに編制して日本海軍に手痛いダメージを与えんと、一二月二三日未明、シンガポールのセレター軍港から出撃した。

指揮を執るのは、サーの称号を持つ新イギリス東洋艦隊司令長官サー・トマス・フィリップス大将自らである。

イギリス紳士の典型的なパターンとさえ言われるフィリップス大将は、どんな危険を前にしても泰然自若《たいぜんじじゃく》とした態度を崩さない、見事な男であった。

「長官。紅茶が入りました。ただし、船内ですのでお味のほうは保証できかねますが」

座乗する『プリンス・オブ・ウェールズ』艦長のジョン・C・リーチ大佐が、艦橋に上がってきていたフィリップス長官の前に、古風なタイプのティーカップを置いた。

「ありがとう、リーチ艦長」

フィリップスは礼を言うと、上品な仕草でティーカップに口をつけた。

「ほう、ダージリンだね」

「生産地が近いので品は悪くないはずですが、淹《い》れ方にご満足いただけたかどうかが心配です」

「問題ないよ、リーチ艦長。久しぶりにおいしい紅茶を飲ませてもらった。こんなに素敵なもののご相伴《しょうばん》にあずかれるのなら、戦艦暮らしも悪くないね」

フィリップスの満足げな笑みから、彼の言葉がお世辞ではないと悟り、リーチも嬉しそうに自分の淹れた紅茶を口に含んだ。

「ところで、リーチ艦長。この『プリンス・オブ・ウェールズ』は不沈戦艦だと世間からは言われているようだね」

長官の言葉で、艦長の顔に複雑な色が表われた。

「は、はい。チャーチル首相などが、盛んに他国の人間に吹聴していらっしゃるようですので……しかし……」

「しかし……どうしたね？」

「はい。正直に申し上げて、私はそう言われることに少し抵抗を感じております」

「なぜだね？」

リーチは迷っているらしくすぐには答えなかったが、やがて口を開いた。

「……確かに、自分の艦が不沈艦などと褒められるのは、私を含め乗組員として嬉しいことではありますし、誇らしくもあります。しかしその一方で、その言葉にはある種の油断や奢《おご》りが隠れているような気がするのであります」

「…………」

「我らが艦『プリンス・オブ・ウェールズ』が、これまでの艦に比べて十分に優れていて頑強であることは、私も否定はしません。しかし、不沈艦などというものは一つの幻想だと、私は考えています。不沈艦などという幻想に踊らされれば、戦いにおいて油断や奢りが生じるかと……」

リーチ艦長は、少し言い過ぎたかもしれないと後悔した。フィリップス長官は話のわかる人物のようではあるが、海軍の誇りをけなすような言葉には不満を感じるかもしれないと思ったからだ。

だが、それは杞憂《きゆう》だった。

「同感だよ、艦長。しかし、君がそういう風に考えているのなら、私の抱いていた老婆心は無駄だったようだね。そうだ。君の言った油断と奢りこそが、戦いにおいて一番の難敵だ。この世に壊れない道具はないし、絶対に沈まない軍艦などあり得ない」

「はい」

そこでフィリップスは表情を変えた。

「艦長。話題を変えようか。あと少ししたら、もう風流な話などできなくなるんだろうからね」
朗《ほが》らかな声で言うと、フィリップスは紅茶を干した。
優雅だが同時に真摯な姿勢を持つこの人物について行けば、今度の戦争は勝てるかもしれない。リーチ艦長は、ふと思った。
小沢治三郎中将がこのとき指揮していたのは、南遣艦隊の一部で組まれたマレー（馬来）部隊である。
その編制は、
主隊　部隊旗艦重巡『鳥海《ちょうかい》』
　駆逐艦『狭霧《さぎり》』
護衛隊本隊（指揮官＝第七戦隊司令官栗田《くりた》健男《たけお》少将）
　第七戦隊
　　重巡『熊野』『鈴谷《すずや》』『三隈《みくま》』『最上《もがみ》』
　第一一駆逐隊
　　駆逐艦『白雪』『初雪』『吹雪《ふぶき》』

第一護衛隊（指揮官＝第三水雷戦隊司令官橋本信太郎《しんたろう》少将）
　旗艦軽巡『川内《せんだい》』
　第一二駆逐隊
　　駆逐艦『白雲』『東雲《しののめ》』『叢雲《むらくも》』
　第一九駆逐隊
　　駆逐艦『綾波《あやなみ》』『敷波』『浦波』『磯波』
　第二〇駆逐隊
　　駆逐艦『天霧《あまぎり》』『朝霧』『夕霧』
　第一掃海隊
　　掃海艇『第一号』『第二号』『第三号』『第四号』『第五号』『第六号』
　第一一駆潜隊
　　駆潜艇『第七号』『第八号』『第九号』
第二護衛隊（指揮官＝香椎艦長小島秀雄《ひでお》大佐）
　旗艦軽巡『香椎《かしい》』、海防艦『占守《しむしゅ》』
などである。
空母が派遣できなかったために、すでに記したように航空戦力は周辺の基地航空部隊に頼ることになっていた。

一二月二六日早朝。

「いたぞ。イギリス（東洋艦隊）だ……」

潜望鏡を覗いていた『伊五八号』潜水艦長北村惣七《そうしち》少佐が自信たっぷりに言ったが、艦種まではよくわからない。先ほどから降り出した激しいスコールで海上が煙り、艦影が鮮明に見えないからである。

「おそらく戦艦か巡洋艦だとは思うんだがな」

「攻撃しますか」

副長を兼ねる航海長が、威勢の良い声で聞いた。

「水雷長。やれるか」

北村艦長の問いに、

「もちろんでんがな、艦長。初手柄いただきまっせ」

関西出身の水雷長が大仰《おおぎょう》にジェスチャーつきで言ってみせた。

『伊五八号』は海大Ⅲ型で基準排水量一六三五トン（水上）、全長一〇〇・六メートル、全幅八・〇メートル。速力は水上二〇ノット、水中八ノットであり、兵装は五三センチ魚雷発射管が艦首に六門、艦尾に二門、そして甲板には一二センチ単装機銃が一挺あった。

ズシュン！

ズシュン！

ズシュン！

ズシュン！

水雷長の勢いのまま、艦首の魚雷管から四本の魚雷が発射された。

「一秒、二秒……五秒……八秒……一〇秒……」

着弾予定の十数秒が過ぎたが、着弾音は聞こえなかった。

「す、すんまへん、艦長。もう一度やらせてください！」

水雷長が、必死の形相で懇願した。

「いや、ここはやめておこう。もともと照準が取りにくい状況だし、ウロウロしていると反撃を受ける可能性が高い。それに、マレー部隊も敵艦隊の行方を必死に追っているんだ。連絡してやる必要がある。だが、そのためには浮上しなければならないが、まさかここで浮上するわけにもいかんだろう。水雷長、チャンスはまだある。ここは我慢してくれ」

艦長にここまで言われれば、頑固な水雷長にも否応はない。

「わかっとりま、艦長。わしの小さなプライドなんぞ、この際無視して当然ですわ」

「よし。じゃあ、速《すみ》やかに撤退だ。深さ六〇！」

「深さ六〇！」

潜横手（操舵手）の復誦で、『伊五八号』の艦体は海底に向かって急潜航を始めた。


巡洋戦艦『レパルス』が魚雷攻撃を受けたという知らせは、イギリス東洋艦隊「Z部隊」旗艦戦艦『プリンス・オブ・ウェールズ』の艦橋を緊張と不安に包んだが、被害がなかったことがすぐにわかり、誰もが安堵の息を吐いた。

しかし、艦隊司令長官フィリップス大将だけはほとんど感情を変えず、

「油断ですね。被害を受けなかったことは運が良かっただけでしょう。それに、その潜水艦から我が艦隊の位置が報告されるはずです。艦長、なおいっそうの警戒を全艦に行き渡らせてください」

と、これまた冷静な表情で命じた。

フィリップスの言葉で、緩みかけていた艦橋が再度、緊張に包まれた。

ところが、『伊五八号』からの報告はすぐに行なわれなかったのである。

『レパルス』からの逃亡には成功した『伊五八号』だったが、連絡をしようとしたときに無線が故障してしまったのだ。

無線の回復には数十分かかり、結果、『伊五八号』の報告は発見から四〇分以上も後になり、Z部隊のおおよその位置は判明したが、報告を受けたマレー部隊の索敵機は敵艦隊を発見できなかった。

理知的な性格で温厚なタイプと言われる小沢治三郎中将だが、暴れん坊ぶりで有名だった若い頃の人柄が出たのか、さすがに眉をしかめて見せた。

小沢の様子にはらはらしたのは、沢田虎夫《とらお》参謀長だった。沢田は若い頃の小沢についていろいろと聞いており、いくつかの武勇伝は今の小沢からはまったく想像ができない豪放なものであった。

沢田の不安そうな様子に気づいたのか小沢は、

「そんな顔をするなよ、参謀長。大丈夫だ。心配するな」

と、苦笑した。

「あ、いや、別に、その」

図星を指された沢田は、照れて頭をかいた。

「故障か……人ごとじゃないな、参謀長。うちの連中にも、やんわりとでいいから注意しておいてもらおうか」

「承知しました」

「うん」

小沢はうなずくと、双眼鏡を使って海上を見た。

まさかその先わずか二〇〇マイルに、日本軍の裏をかいた方向に転針したZ部隊がいることなど予想だにしていなかった。

むろんそれはZ部隊も同じで、不倶戴天《ふぐたいてん》の敵同士はともに何も知らずに遠ざかりつつあったのである。

歴史の皮肉なのか、運命の悪戯《いたずら》か……。


Z部隊がシンガポールを出撃してから四日目の午後、麾下の空母『アーク・ロイヤル』の偵察機が、駆逐艦数隻に守られてシャム湾を南下してくる日本の小規模な輸送船団を発見、報告してきた。

「距離は？」

「三五〇マイルです」

旗艦『プリンス・オブ・ウェールズ』の艦橋で、フィリップス長官の問いに参謀が答えた。

「もうすこし近づかないと、攻撃は無理だな」

相変わらず冷静な声で、フィリップス長官が言う。

「あと一〇〇マイルは近づきたいですね」

参謀が小さくうなずいた。

それでも難しいかもしれないというのが、参謀の偽《いつわ》らざる本音だった。

この時期のイギリス海軍の航空機、艦上機の事情は、実にお粗末だったからである。

今回の出撃で、『アーク・ロイヤル』は『フルマー』艦上戦闘機一六機、『スクア』艦上爆撃機二四機、『ソードフィッシュ』雷撃機三〇機の、計七〇機の艦上機を艦載して来ていた。

『フルマー』はフェアリー社が開発した複座式艦上戦闘機で、全長一二・二六メートル、全幅一四・一三メートル、最高速度は四四八キロ、武装は七・七ミリ機銃九挺である。

武装こそ強力に見えるが、凡機であるというのが大方《おおかた》の評価だ。

もっとも、『フルマー』は日本軍やアメリカ軍の艦上戦闘機のように完全な戦闘機とは違い、爆撃機（爆弾二二五キロ）としての能力も兼ね備えているのだが、爆撃機としてもまた凡機と言わざるを得ないものだった。

当時のイギリス海軍は、艦上機に複数の機能を持たせようと考えたらしく、これは『スクア』艦上爆撃機もまた同じであった。こちらの場合は、爆撃機でありながら戦闘機としても使うことができるように設計されていた。

しかし、これは明らかに時代に逆行した考え方である。欲張って複数の能力を持たせようとした結果、どう見ても中途半端な航空機になってしまっていた。

正直なところ、イギリス機が日本海軍の攻撃機とまともに戦うことは相当に苦しかったのだが、この時点ではまだイギリス海軍はそれに気づいていない。

ブラックバーン社製の『スクア』艦上爆撃機は、全長一〇・八メートル、全幅一四・〇七メートルで、最高速度は三六三キロと遅く、武装は七・七ミリ機銃五挺（前方固定四・後方旋回式一）であった。

爆弾は胴体下に二二七キロ爆弾一を搭載できた。

しかし、もっと悲惨だったのは雷撃機の『ソードフィッシュ』だろう。

『フルマー』と同じフェアリー社が製造した『ソードフィッシュ』は、なんと三座式の複葉機なのである。

全長一〇・九メートル、全幅一三・九メートル、最高速度は二四六キロという低速で、魚雷を積むと一五〇キロがやっとだった。

海軍力の弱いドイツ軍相手ならどうにかなったかもしれないが、対空砲火の十分な日本海軍相手では実に心もとないと言えよう。

だが、それさえもまだイギリス海軍は知らないのである。

その上に、Z部隊の参謀の言葉からもわかるように、イギリス軍艦上機は航続距離が短かった。

太平洋に比べれば狭い大西洋が主戦場だったからかもしれないが、対日戦という局面で大きな欠点となるのは必定だったのである。

五時間後、日本輸送船団に目標の距離にまで近づいたイギリス東洋艦隊司令長官フィリップス提督は、航空部隊に攻撃を命じた。

この輸送船団は、航空戦力のない弱小船団だったことがZ部隊に幸いした。

「輸送船団襲撃さる」の報に、マレー部隊は最大船速で北上した。輸送船団の襲われた海域まで、距離二五〇カイリである。

小沢長官は、敵艦隊を発見すべく索敵機の数を増やしたが、その日の夕刻になってもついに発見することができなかった。

「また取り逃がしましたか」

沢田参謀長が悔しさを露《あら》わにして、唸った。

「まだ終わったわけじゃない」

静かに言う小沢だが、その声に無念さが混じっているのは明らかだ。

しかし、海軍の予想以上に、陸軍の怒りは大きかった。襲撃された輸送船団が、陸軍の物資を運んでいたからである。

むろん、危険であるからもう少し待て、と言う小沢に対して陸軍が輸送を強行させた事情もあったのだが、小沢は弁解しなかった。

理由はどうあれ、自分たちの戦場である海で起きたことに関しては、すべての責めを負う覚悟だったからである。

翌日、マレー部隊は、陸軍が上陸したマレー半島のコタバル沖東方一〇〇カイリにいた。

小沢に確実な目算があったわけではない。しかしベテラン提督の読みは、この方面に危機が迫っていると察知していたのだ。

ところが、仏印（フランス領インドシナ）の突端であるカモー岬を警戒していた潜水艦から、怪しき艦艇がいるとの報告が入ったために、小沢はここで迷った。

昨日の一件がなければもうすこし冷静に判断したかもしれないが、さすがの小沢にも昨日の屈辱が大きく響いていたのかもしれない。

やがて小沢は、部隊をカモー岬方面へと進めた。

ところがその少し後になって、マレー部隊麾下第七戦隊の重巡『最上』の索敵機が、部隊後方二〇〇カイリにイギリスの機動艦隊がいるとの報告を入れてきたのである。

小沢はここでもやや迷ったが、意を決めて部隊を再び転針させ、全速で索敵機が見つけた敵艦隊に向かった。

仏印にある海軍基地航空隊へ連絡して支援の依頼はしたが、時間的な問題もあり、小沢は艦砲戦を覚悟した。

三〇分後、マレー部隊上空にイギリスの航空攻撃部隊が襲来した。

ドドド――――――――――ン！

最初の魚雷攻撃を受けたのは、第二〇駆逐隊の駆逐艦『朝霧』だった。

対空砲火を恐れて、かなりの遠距離から電撃機の『ソードフィッシュ』が放った魚雷である。

速力が命の駆逐艦は、それがために防御が劣っており、『朝霧』はたちまち浸水して数分で没した。

ズガガガガガ！

ドドドドドドドドッ！

急降下してくる『スクア』爆撃機にマレー部隊の対空砲火が集中するや、動きの鈍い『スクア』が対空砲火弾を受けて炸裂した。

しかし運のいい『スクア』の放った爆弾が、第七戦隊の重巡『鈴谷』の甲板を直撃した。

ズゴゴゴ――――――――ン！

火柱とともに機銃座が吹き飛んだ。

「敵航空機は、予想していた以上に性能が良くない。焦《あせ》らなければ落とせるぞ！」

『鈴谷』の艦長が檄《げき》を飛ばす。

「艦長。左舷に魚雷二、接近してきます！」

見張員の声で、『鈴谷』艦長が胸にぶら下げている双眼鏡を目に当ててそちらに向けた。

双眼鏡の中に、白い雷跡が二本見える。

「ふん。イギリスのへなちょこ魚雷の一発や二発が当たっても、『鈴谷』はびくともせんわい」

艦長が嘲《あざけ》る口調で言った。むろんだからと言って、艦長も直撃を受けるつもりなどない。

「面舵いっぱ〜い」

基準排水量一万二四〇〇トン、全長二〇〇・六メートル、全幅二〇・二メートルのスマートな艦体が、右に傾きながら旋回を始めた。

ゴゴゴゴゴッ。

「回避しました！」

見張員のホッとした声が艦橋に響いた。

まだ完全には旋回を終えていない『鈴谷』の左舷を、白い雷跡が二本、シュルシュルと音を上げながら走り過ぎて行くのを確かめ、艦橋に深い安堵のため息が一瞬だけ落ちる。

「まだ半分でしょうね」

マレー部隊旗艦重巡『鳥海』の艦橋で、高角砲が作る黒煙でどんよりした上空を見ながら、マレー部隊参謀長沢田虎夫少将が恨めしげに言った。

もちろん海軍基地航空隊の迎撃部隊のことだ。

イギリス軍航空攻撃部隊が非力なこともあって、今のところ駆逐艦が一隻撃沈されただけでそう大きな被害は受けていないが、対空砲火のみの応戦では被害がより増えていくのは間違いないだろう。

「しかし、皮肉なものだな……」

小沢がつぶやいたのを耳に挟み、

「何がですか」

沢田が、聞いた。

「あっ、いや、いいんだ」

小沢が首を振り、腹の中でもう一度、（皮肉だなあ）と思った。

小沢治三郎中将は、本来は水雷科出身である。しかし、航空派で尊敬する山本五十六らの薫陶《くんとう》を受けて、大戦前から航空戦を真剣に研究し、今では相当の知識とデータを持っていた。

（その俺が、航空機を与えられずに右往左往しているんだからな）

それを皮肉だと小沢は思っているのだが、今ここで部下にそんなことを愚痴《ぐち》るほど、彼は愚かではなかった。

（無いものは無いのだし、間に合わないものは間に合わんのだからな……）

そのとき前方で爆発音がして、『鳥海』が揺れた。あわてて艦橋の窓に近寄って前方を見ると、前甲板に直撃弾が当たったらしく白煙が上がっていた。

「被害を知らせろ！」

小沢が、叫んだ。

直撃弾は一番主砲塔の横だったが、大きな被害はない。

二〇分ほど続いたZ部隊の襲撃によってマレー部隊が受けた被害は、駆逐艦一隻撃沈、中破は駆逐艦二隻、小破は軽巡と駆逐艦各一隻である。

重大といえるほどの被害ではなかったが、軽いともいえなかった。

しかし、二度に渡ってイギリス軍に蹂躙《じゅうりん》されてしまった事実のほうが、より強く日本海軍とマレー部隊を傷つけていた。

海軍基地航空部隊がマレー部隊の上空に現われたのは、Z部隊攻撃部隊が去ってから二五分後である。

はるか仏印の基地から飛んできた航空部隊（一式陸攻と零戦で編成されていた）は、燃料が許す限りに索敵攻撃を続けたものの、またもや日本海軍の攻撃は空振りに終わったのであった。

「思ったほど戦果が挙がらないね、艦長」

フィリップス長官が、不満そうにつぶやいた。

「……ご、ご不満ですか……」

問われた『プリンス・オブ・ウェールズ』艦長のリーチ大佐が言った。

「我がZ部隊が実施した二度の作戦は、確かに成功といえば成功には違いないだろう。しかし、私たちが予想した日本軍に手痛いダメージを与えるという目標から考えると、これはやはり不十分だよ、リーチ艦長」

普段のフィリップス長官らしくなく、声に苛立《いらだ》ちが混じっている、とリーチ艦長は思った。

不十分なる戦果——その原因が不十分な航空戦力にあるのは明らかだが、このときはまだ、それに気がついている者はイギリス海軍の中にほとんどいない。

なぜなら、似たような戦力で、イギリス海軍はドイツ海軍とイタリア海軍に対してそれこそ手痛いダメージを与えていたからである。

なかでも一九四〇（昭和一五）年一一月、イタリア海軍に壊滅的な打撃を与えた〈タラント空襲〉は、今、空母『アーク・ロイヤル』が搭載している電撃機『ソードフィッシュ』の活躍によって成功した。そのことがイギリス軍人の脳裏には残っており、自信となっている。

軟弱なイタリア海軍や戦力不足のドイツ海軍と、日本海軍の力量を同一視するという愚を犯していることに、イギリス海軍はまだ気がついていないのだ。

また、イギリス海軍が日本海軍を舐めているのは、歴史的な理由もある。

そもそも日本の海軍は、オランダ式で始まった。

明治維新とともに語られる有名な江戸幕府の軍船『咸臨丸《かんりんまる》』もオランダ製である。

しかし、明治政府の時代になってから海軍はイギリス式へと転換され、以来この時代に至っている。

言ってみれば、イギリス海軍は日本海軍の師《し》のような存在なのだ。少なくともイギリス海軍はそう思っていた。イギリス海軍が日本海軍を軽んじるのは、こんな側面もあったのだろう。

しかし、軍縮という枷《かせ》を自ら剝《は》ぎ取って軍拡路線を取った日本海軍の実力が、イギリス海軍をすでに凌駕《りょうが》していることまでは、考えが及んでいなかった。

「やはり艦砲戦かな、リーチ艦長」

フィリップス司令長官が、葉巻の吸い口を切りながら言った。

「そう思われます」

我が意を得たりとばかりに、リーチ艦長が大きくうなずきながら答えた。

二度の航空戦を言い出したのは長官であるが、戦艦の艦長であるリーチ大佐としては、やはり艦砲戦を敢行したかったのだ。ドイツ海軍に対して実績があるだけに、リーチ艦長は腕をむずむずさせていたのである。

「……わかった。次の作戦は、敵に『プリンス・オブ・ウェールズ』自慢の三五・六センチ砲弾を叩き込んでやることにしよう」

フィリップスが、葉巻を吸いながらにっこりと言った。

「はい。日本海軍が派遣してきた艦隊には、戦艦すらいません。その愚かさを存分に知らしめてやらねばならないでしょう。我が大英帝国海軍の恐ろしさを、身をもって知るべきです」

リーチ艦長がそう言って、肩をそびやかした。

時代が、大艦巨砲主義から、航空戦力を主力とする海戦に移り変わろうとしていることに、イギリス海軍はいまだ正しい認識を持ち得ていなかったのである。

もっとも、日本海軍がそれを正しく理解できていたかというと、そうとも言い切れない。

日本海軍の大部分の上層部は相変わらず大艦巨砲を信じており、航空戦力の重要性をはっきりと感じていたのは、連合艦隊司令長官の山本五十六ら少数派に過ぎなかったのだ。

日本海軍にとって幸いだったのは、その少数派に実力者が揃っていたことである。

超弩級戦艦建造中止。

超弩級戦闘航空母艦への改装。

山本らがこれを決行できたことが、この後《のち》、太平洋及びその周辺海域で戦われる海戦において、その趨勢《すうせい》を分けたと言えるかもしれない。


『3』


「ドイツ海軍が、中国の青島《チンタオ》に海軍基地を置きたいと言っておるのだが、君の意見はどうかね」

永田町にある首相官邸で、東条英機首相がまるで人を切り裂くような細い視線で、海軍大臣嶋田繁太郎《しげたろう》海軍大将に言った。

嶋田は「東条の腰巾着《こしぎんちゃく》」などと悪口をささやかれる人物で、海軍大臣の椅子自体が東条のおかげだと噂されていた。

軍人としては無能だと言われる嶋田だが、官吏としての評価は高く、東条と同じ資質であったことが二人を接近させたのかもしれない。

ともあれ、本意はどうあろうと、東条の言葉に逆らうことなど嶋田にはできない。

だから、

「よろしいのではないでしょうか。もともと青島の軍港を築いたのはドイツ軍ですからね。一時期あそこは〝小ベルリン〟などとあだ名され、今でも中国の町としては異国情緒がありますから」

と、嶋田が官吏らしく如才《じよさい》なく答えた。

歴史ある青島がドイツの租借地にされたのは、一八九七（明治三〇）年のことである。ドイツのアジアにおける橋頭堡《きようとうほ》として、ドイツ軍はここに軍港を開いた。

しかし、一九一四（大正三）年に第一次世界大戦が勃発するなり、日本軍が青島を占領し、ドイツに代わってこの地を統治した。

一九二二（大正一一）年、日中間の様々な経緯を経て青島は中国に返還されたが、一九三八（昭和一三）年に日中戦争が始まると、日本軍は再度青島を占領していた。

そして現在に至っている。

「わかった、海軍大臣。それじゃあ、ドイツ軍との海軍側の折衝団をすぐに組織してもらいましょう。できますね」

「もちろんです」

嶋田が愛想良く、うなずいた。

だが、青島にドイツの軍港を置くという申し出に対して、軍令部が難色を示した。

「大臣。そのまま、はいそうですかと言えるはずはないでしょうが」

日比谷にある海軍大臣執務室で話を聞かされた軍令部総長の永野修身《おさみ》大将が、迫力のある顔を歪《ゆが》めながら続ける。

「いいですかな、大臣。現在の青島の軍港は、我が海軍だけでも狭いくらいですぞ。とてもドイツ海軍が駐屯する場所はない。そこにドイツ海軍を押し込むということは、こちらの戦力を削《そ》ぐことになる。それでもかまわんということですかな」

「あ、いや、それは」

「しかも同居するということになれば、こちらの機密をドイツに知られる可能性も無いとは言い切れますまい。これはいかがですかな」

「む、むろんそういう事態は芳《かんば》しいことではありませんが、ドイツと我が皇国は同盟国ですぞ。ドイツがこちらを仇《あだ》なすような真似は……」

「せん、と思っておいでなら、それは大臣、ちと人が良すぎますな。同盟は確かに結んでおりますが、同盟や盟約などというものはしょせん紙っぺらの話。ドイツが絶対に破らないとあなたは言い切れますか？」

「しかし、これは首相の要望であり、断わるわけにはいきませんし……。

それに、だからこそ折衝団を組織して、ドイツとそのあたりを検討しようというわけです……た、たとえば港を広げるというような、そういう方向でも……お考えいただけませんか」

「平時ならそれもよろしかろう。しかし我が軍は今、戦争の遂行中ですぞ。そんな余裕はとても無い。そんなことはあなただって、先刻ご承知のはずでしょうが」

「………………」

「これが軍令部の結論です。首相にそうお伝えください」

「いいのですな、首相にそう言って」

「結構です」

永野が言い切ると、部屋を出て行った。

「くそっ！」

バンと、嶋田が拳でデスクを叩いた。

もちろん嶋田とて、永野の言い分の大部分が正論だろうとは思っている。しかし同盟国の要望を頭から否定すれば、これから先の同盟関係に少なからず悪影響を及ぼすことになるだろう。

「それがあの男にはわからんのか！」

椅子に深く座って腕を組んだ嶋田は、頭を激しく回転させる。

軍令部の主張を、東条首相が受け容れるとは思えない。そして、受け容れさせることができなかった嶋田には、無能者のレッテルを貼るだろう。それだけは絶対に避けたかった。

巷間《こうかん》の噂通り、嶋田が今の座にいられるのは東条の力が大きく、もしその座を追われれば、海軍内であまり信望のない嶋田は、恐らく閑職に追いやられるだろう。


「永野君を切ってほしいと言うのかね」

東条が、考えながら聞いた。

「はい。あの男を切れば、軍令部は腰くだけになるはずです」

「本当に、そうかね」

「私はそう思っています」

「連合艦隊の山本あたりはどうかね。あの男と永野との関係があまり良くないことは知っているが、何か言い出したら、永野なんぞよりもうるさいんじゃないかな」

「連合艦隊にそんな権限はありませんよ、首相。山本にできるのは、前線での戦いだけですから」

「しかし、海軍内には山本の息のかかった者も結構いるらしいじゃないか。そういう者が騒げば、それはそれで面倒だよ。それとも、そういう連中も切るかい」

「あ、それは」

「当然だよね。そんなことをしたら海軍はがたがたになり、戦争どころの騒ぎではなくなる」

「はあ……」

「だから、永野を切るのは得策じゃないよ。なんとか説得して協力させることだ。たとえば、ドイツから見返りを出させるという条件を提案してみてはどうだ」

「見返りですか」

「うん。帝国海軍は相当な力を持っていると日頃から君たちは言っているが、だからといって完全ではあるまい。欠点や短所、足らないものがあるはずだ。ドイツという国はそういった面で、こちらの足らないものを充足してくれる技術を持っていると思うのだが、どうかね」

「た、確かにドイツ海軍自体の戦力は、正直に申し上げてさほどのことはないと思いますが、技術力ということになりますと、学ぶ面は多々あるかもしれません」

「それを検討して折衝の切り札にすると言えば、永野も考えるんじゃないかな。永野が言いたいのは、ドイツ海軍が基地を置いても我がほうにはなんの得にもならない、ということだろう」

「なるほど。欠点だけでなく、こちらに有利に働かす策ですか……わかりました。その線で今一度、押してみます」

嶋田が深々と、頭を下げた。


東条案は、永野の気持ちを動かした。

総合的な戦力で言えば、現在の日本海軍とドイツ海軍では問題にならないほどの差があるが、ドイツ軍（海軍に限らずだが）の卓越した技術力を導入できるのなら、確かに日本海軍の戦力を上げることができると永野は考えたのである。

「ただし、大臣。ドイツがこちらの要求を飲まないのであれば、あちらの要望は断固拒否。それでよいですな」

「結構です、総長。なあに、あちらは是非ともアジアに根拠地が欲しいのです。たいていのことは飲むでしょう。心配はご無用です」

笑顔で言う嶋田を見て、

(この男、頭は切れるが胆力がないな。残念だが、やはり人物的には山本のほうが上だ)と、永野は思った。

これまで永野と山本は、かなりの衝突を繰り広げてきた。

一八〇度とは言わないまでも、二人の考え方には相当の開きがあったからだ。

永野は相変わらず「大艦巨砲主義」を主張していたし、山本は航空戦力の推進者だった。

また、永野は開戦派だったが、山本は非戦派だった。

細かいことを言えばきりがないほどに、二人はぶつかってきた。

しかし、いざ戦いが始まってみると、山本五十六という男の存在は、永野にも頼もしく見えたのである。

山本の行動を見ていると、軍人とはかくあるべきだという模範のようにさえ感じられた。

（いまいましいが、これからの戦況によっては山本を中央に戻す必要があるかもしれんな）

山本を地方に飛ばすことにあくせくした男が、そう思いつつあった。

『4』

新たにアメリカ太平洋艦隊司令長官として赴任したチェスター・ウィリアム・ニミッツ大将は、パールハーバー海軍航空基地に到着した飛行機のタラップを降りながら、なぜか異国の地にやってきたような不可思議な想いに駆られて少し眉をしかめた。もちろん、ハワイは初めてではない。

アメリカ海軍省航海局長だったニミッツ少将が太平洋艦隊司令長官に任じられたのは、日本海軍がパールハーバーを奇襲した一〇日後のことである。少将ではその任に着くことができないため、二階級特進して大将として任ぜられることになったのである。

ワシントンでは、異例の人事と言われた。

ニミッツ局長は、潜水艦長、巡洋艦戦隊司令、戦艦戦隊司令などを歴任しているほどだから、能力がないと思われたわけではない。

ただ、ニミッツよりも適任と思われる人材が何人か別にもおり、何も事務職である航海局長を太平洋艦隊司令長官にすることはないだろうというのが、異例と感じた人々の意見だった。

人事の妙だったのかもしれない。

確かに、ルーズベルト大統領も海軍の首脳たちも、ニミッツが最適任者ではないかもしれないと考えていた節《ふし》がある。

しかし、適任と思われる人物たちは、誰を選んだとしても権力図式や利害関係などがあちらこちらで絡みついて問題が噴出しそうであり、比較的それらを刺激しないニミッツ局長が選ばれたというのが、本当のところであろう。

ニミッツ自身が親しい者に、

「やれと言われれば、もちろん私は全力を尽くすつもりだ。しかし、下らぬ連中が徘徊して邪魔をする可能性があるから、あまり嬉しい仕事じゃないかもしれない」

と、漏らしたという。

アメリカ太平洋艦隊司令部は、パールハーバー基地からボートで渡った対岸にあり、小高い丘に造られたコ形をした建物であった。

ニミッツは長官の執務室に入ると、デスクの上に写真立てを置いた。

荷物を運んできた従兵が怪訝《けげん》な顔をしたのは、写真立ての中にいる人物に見覚えがあったからだ。それも実に意外な人物である。

写真立ての中には、海軍軍人の間ではもっとも嫌われているであろう、ダグラス・マッカーサー陸軍大将が写っていたのだ。

「気になるかね」

ニミッツが笑みを浮かべながら、従兵に言った。

従兵はどう答えていいかわからず、曖昧《あいまい》に笑うことしかできなかった。

「私は、別にマッカーサー将軍に親愛の情や尊敬の念を持ってこの写真を置いたわけではないんだよ。まったく逆さ」

「逆、ですか」

「そうだ。尊大で、わがままで、自分勝手で、プライドの塊《かたまり》のような男。マッカーサーとはそういう男だと言われている。君も知っているだろ」

「はい。直接お会いしたわけではありませんから確かなところは言えませんが、マッカーサー将軍という人物が、今、長官がおっしゃったような方だという噂は、いろいろ聞かされております」

「まさしくそういう人物さ。そして、だからこそ置いたんだよ」

「はあ……」

「反面教師だよ。私は絶対にこんな人物にはなるまいと自分に言い聞かせるために、マッカーサーの写真を新聞から切り出して、ここに置くことにしたというわけさ」

「な、なるほど。そういう意味だったのですか」

従兵の顔がいっぺんに明るくなった。

マッカーサーのような人間になるまいとするニミッツの考えは歓迎すべきことだったし、同時に、わざわざそんなことをするニミッツのユーモアに感心したのだ。

「このことを皆に話してかまわないでしょうか、長官」

「う〜ん。それはどうかな……」

「やはりまずいでしょうか」

「じゃあ、一つだけ条件を付けよう」

「はい？」

「陸軍の軍人には話すなよ。それだけだ」

言って、ニミッツがウィンクした。

もちろん、従兵が海軍の人間だけに話したとしても、いずれは陸軍のほうに伝わるし、マッカーサーの耳にも入るかもしれない。ニミッツの言っている条件など、あって無いようなものだ。

要するにニミッツという人間は、マッカーサーがなんと言ってこようとも気にしないのであろう。

その剛毅な気持ちに、従兵は改めて新任の司令長官が信頼に足る人物であることを認識した。

一九四一（昭和一六）年一二月三一日、太平洋艦隊新司令長官チェスター・W・ニミッツ大将の仕事は、こうして始まったのである。

第三章　マレー沖海戦

『1』


一九四二（昭和一七）年一月二日、小沢治三郎中将率いるマレー部隊旗艦重巡『鳥海』の艦橋には、正月気分など片鱗《へんりん》もなかった。

マレー部隊司令部にしてみれば、イギリス東洋艦隊麾下《きか》のZ部隊に対して一撃でも反攻を終えないうちは、正月など来るはずもないと考えていたのである。

今や穏やかさを押し込んで鬼神のごとき形相《ぎょうそう》となった小沢は、それでも、「屠蘇《とそ》ぐらいはいいぞ」と言ったのだが、部下たちの、

「正月はまだ来ていません」

という答えに大きくうなずいて、自分の言葉を取り消した。

しかし、この状況を冷静に見ている人物もいた。マレー部隊参謀長沢田虎夫である。

「長官。皆の気持ちもよくわかりますが、不安もあります」

「言ってみてくれ、参謀長。聞こう」

「では申し上げます。我々のような職業軍人はともかくとして、一般の兵たちには、これほど長く続く緊張が精神的に辛《つら》いことでしょう。そういう精神状況では、いざ戦闘となった際に、悪い影響が出てしまうかもしれません」

「なるほど」

小沢は沢田の言葉に、腕を組んだ。

しばらく考えてから、小沢が口を開いた。

「わかった。参謀長の言葉にも一理あるようだ。しかし、かといってイギリス艦隊に一矢《いっし》も報いずに帰還するのは、海軍全体の士気に関わる。俺にはそれも心配だが、どうだ」

「はあ。確かにそれは長官のおっしゃる通りですが……」

「とにかく今は兵士たちに我慢させてくれ。俺ももう少し考えてみることにしよう」

「わかりました。長官がそこまで決意を固められていることは、兵にもよく伝わっているでしょう。今少し我慢してくれるはずです」

沢田は自分自身に言い聞かせるように言うと、頭を下げた。

「……とにかく、見つけて、叩く。それが兵たちにも俺たちにも一番の薬だ」

小沢はそう言うと、眼光鋭く艦橋の窓に向かった。その瞳で、Ｚ部隊の影を必死に探しているようであった。


日本艦隊を攻撃したいという想いは、一方のイギリス東洋艦隊Ｚ部隊でも変わりはない。

しかし、これまでの作戦が成功しているだけに、マレー部隊に比べると幾分余裕があった。

欧州やアメリカには、アジア地域ほどには新年を祝う大きな行事はないが、それでもＺ部隊旗艦戦艦『プリンス・オブ・ウェールズ』の艦橋には、『鳥海』とは比べものにならないほどリラックスした雰囲気が漂っている。

そんな中、『プリンス・オブ・ウェールズ』に座乗するＺ部隊指揮官サー・トマス・フィリップス大将が「敵輸送船団発見！」の報を受けたのは、淹《い》れ立ての紅茶に口をつけたときであった。

「先日とほぼ同じ程度の船団ですが、今回は駆逐艦の他に巡洋艦も護衛についているようです」

「ほう。それはおもしろいな。距離は?」

『プリンス・オブ・ウェールズ』艦長ジョン・C・リーチ大佐が吼えた。

「北東二〇〇マイルです」

「長官。これはうまくいきますと艦砲戦に持ち込めますね」

「航空攻撃を仕掛けてその間に敵船団に近づくというわけだね、リーチ艦長」

「はい。位置的に言うと、日本海軍基地航空部隊の攻撃を受ける可能性も否定はできませんが、なあに『プリンス・オブ・ウェールズ』と『レパルス』の力を持ってすれば、日本の航空部隊など恐れるに足らずです。どうでしょうか、長官」

「いいだろう。やってみよう。ここで大きな戦果を挙げられれば、我が海軍ばかりではなく、マレー半島で苦戦を続ける陸軍に対しても、大きな力になるはずだからね」

「はい。その通りかと」

「よし。航空部隊は出撃準備だ。そして出撃が済み次第、我が艦隊は日本艦隊に艦砲戦を挑むべく進撃する!」

フィリップス大将の穏やかだが力のこもった声が、艦橋に轟《とどろ》き渡った。

「行ってまいります」

超弩級《どきゅう》戦空母『大和』の艦底に造られた特殊ドックで、『大和』超武装艦隊司令長官の竜胆啓太中将に敬礼を送ったのは、同艦隊潜水部隊司令三園昭典《みそのあきのり》大佐である。

空母に潜水部隊が存在することは常識では考えられないが、これこそが超武装艦隊たる『大和』に隠された秘密の一つなのだ。

『大和』は、腹に造られた特殊ドックの中に二隻の小型潜水艦を抱いているのである。

日本海軍は、潜水艦を大きさで区分していた。

排水量一〇〇〇トン以上の一等（『伊号』）潜水艦、五〇〇トンから一〇〇〇トンを二等（『呂号《ろ》』）潜水艦、五〇〇トン以下の小型潜水艦が三等（『波号《は》』）潜水艦である。

『伊号』潜水艦は敵艦への攻撃が主務で、いわば花形潜水艦だ。

『呂号』潜水艦は敵艦への攻撃の他、哨戒や沿岸防衛、それに輸送などといった多くの任務をこなす中間的な潜水艦である。

その二つに比べると、小型の『波号』潜水艦は主に輸送用などに使われ、武器というよりも補助艦艇だった。

『大和』に搭載されている小型潜水艦は、その『波号』潜水艦をベースにして開発されたもののため『丹号《にごう》』と呼ばれることになったが、決して三等潜水艦ではない。

総合的に言うなら、一・五等潜水艦と言っていいほどの能力を『丹号』潜水艦は持っているのである。

『丹号』潜水艦の生みの親は、超弩級戦空母『大和』の改装において主導的な仕事を果たした、海軍超技術開発局艦船開発部部長の源《みなもと》由起夫《ゆきお》海軍技術少将と彼の部下たちであった。

源技術少将は超技術開発局（当初は研究所）創設時からのメンバーで、『大和』のほぼすべてのアイデアは、卓越した頭脳を持つこの技術者が生み出したと言って良い。

連合艦隊司令長官山本五十六大将は、源を「驚愕《きょうがく》の天才」と呼ぶが、彼が艦政本部の技術者だった時代は決して恵まれたものではなかった。

その時代、彼の紡《つむ》ぎ出すアイデアは、ほとんどが嘲笑《ちょうしょう》で迎えられたのである。

「そんなことができるはずはなかろう」

水準的な能力しか持ち得ない技術者たちは、源のアイデアに必ずそう言った。

だが源も負けてはおらず、彼らに対しては逆に嘲笑を返した。

「できそうにないものを造るのが、技術者の仕事なのである。誰でも考えられるようなものしか造れない奴は、技術者の看板をはずせ」

一般人から見れば夢のようなことばかりを語り、激しい性格で時には上司にも食ってかかる源は、当然のことながら組織の中にあって孤高の存在であった。

「あいつは天才ではなくて、少し頭のいい狂犬に過ぎないさ」と言う者さえいた。

それゆえ、軍縮時に源が首切りの最有力者にリストアップされたのは、いたって当然のことであろう。

だが、山本五十六は源を見捨てなかった。

ある意味では源と似た資質を持つ山本は、人ができないことに飽くなき挑戦を続ける源をほうっておけなかったのだ。彼の生み出す技術が夢としか見られないのは、技術的な問題だけでなく、彼に自由な研究をさせない海軍側の問題も大きいと考えたのである。

しかし、超技術開発研究所に誘う山本に対し、当初、源は固辞した。

「組織の中で生きることは、私のような者には難しいようです」

源は、そう答えた。

「ならば問題は無い。新しい研究所は、組織とは言ってもお前のような連中ばかりを集めたものなんだ。もし途中で嫌だと思えば、いつでも辞めるがいいさ。それでどうだ、源」

「いつでも辞めてもいい、とおっしゃるのですか」

「そうだ。俺はお前たちを鎖でつなぐ気は毛頭《もうとう》無いからな」

「わかりました。そこまでおっしゃっていただいたら、逃げるわけにはいきませんね」

源はついに応じた。

それは正しい選択だった。

超技術開発研究所は資金的にこそ恵まれていなかったが、優秀な頭脳集団は驚異の結果を上げた。源らの生み出した技術と作品は、海軍首脳陣を圧倒したのだ。

そして彼らの真価は、超武装空母『大和』に結集されていると言っていいだろう。

むろん今、出撃しようとしている『丹号』潜水艦も含めてである。

『大和』の艦底に造られたドックに整列する潜水部隊員をゆっくりと見ながら、竜胆長官が凜《りん》とした声で話し出した。

「我が超武装艦隊はすでに初陣を飾ったが、お前たち潜水部隊にとっては今日が初陣である。これまでにない潜水部隊に転属を命ぜられ、激しい訓練に明け暮れたお前たちの腕に、俺は一点の疑念も持っていない。ところが、戦争とは己《おのれ》が全力を尽くしても、足らない部分があることもまた事実なのだ。

だから、言っておく。どんな苦境に立とうとも、諦めるな。俺たちは決してお前たちを見捨てることはせん。これだけは覚えておけ。以上！」

「ありがとうございます」

潜水部隊司令三園の言葉を合図に、これから出撃する『丹一号』潜水部隊の兵が愛艦に乗り組んでいく。

「身震いがしますね、長官」

竜胆の横にいた『大和』超武装艦隊参謀長仙石隆太郎大佐が、緊張を隠さず言った。

「そうか。参謀長は、潜水艦に乗った経験がなかったのか」

「はい。水上艦ばかりですから、潜水艦がどんなものか想像するしかありませんし、我が海軍にとって未曾有《みぞう》の潜水部隊が、いかなる活躍を見せるのか。私までもが緊張してしまいます」

「なるほどな。その気持ちはよくわかるよ。俺も潜水艦の経験はないからな。だが、源技術少将の力量をすでに俺たちは知っている。あの人の造ったものに間違いはないさ」

「そうでしたね」

竜胆の言葉に、仙石が同意した。


イギリス東洋艦隊Z部隊のフィリップス提督が日本輸送船団に差し向けた航空攻撃部隊は、『フルマー』艦上戦闘機四機、『スクア』艦上爆撃機一六機、『ソードフィッシュ』雷撃機一六機の、合わせて三六機であった。

前回の攻撃部隊より数が少ないのは、日本軍の力を舐めたというよりも、この航空攻撃部隊の任務が敵輸送船団を足止めすることに主眼が置かれていたからである。

艦砲射撃で敵を葬《ほうむ》ることが、この日のフィリップス提督をはじめとするZ部隊司令部の狙いだったのだ。

しかし、Z部隊航空攻撃部隊は、偵察機が報告してきた海域に敵輸送船団がいないことを知り、啞然《あぜん》とする。

「敵の輸送船団がいない？」

航空部隊からの知らせに、フィリップスは眉を寄せた。

そのときだった。

「長官。偵察機が、北西五〇マイルに敵とおぼしき機影を発見したと報告してきましたが……」

「て、敵だと!?　そ、そんな馬鹿な……よく確かめさせたまえ」

フィリップスが、混乱しながら彼らしくなく狼狽《ろうばい》して叫んだ。

フィリップスが混乱するのも当然であろう。

日本の艦隊に空母がいないことは、すでに確認していた。だからもし日本軍の航空機が来るとしたら海軍基地航空隊ということになるのだが、Z部隊のいる海域からその基地は五〇〇マイルもあるのだ。イギリス海軍の常識からすれば、それほどの航続距離を誇る航空機など信じられなかったのである。

発見された方向にも、フィリップスは疑問があった。日本海軍基地は今の位置から北東にあり、敵機が北西から接近してくるということになれば、わざわざ迂回したと考えねばおかしい。

だがこれも、燃料のことを考えればあり得ないことだ、とフィリップスには思えたのである。

考えた結果、発見された機影が日本軍である可能性は薄いと思える。

しかし偵察機の続報は、「翼に日の丸があります」というものだった。

そこまで確認できたのなら、もはや疑っている時間はなかった。どんなに不自然でも、それを事実として受け入れるしかない。

そして、そこで偵察機からの連絡が途絶えた。

「撃墜されたのかもしれません」

リーチ艦長が、重く口を開いた。

それが事実なら、敵襲は明らかだった。

「迎撃部隊を準備！　一刻も早く出撃させろ！」

フィリップス提督はまだ混乱と狼狽から完全には脱していなかったが、そう命じた。

「敵の発見した輸送船団が我が艦隊麾下の囮《おとり》船団であり、すでに姿を消したと知ったら、サー・フィリップス提督はどんな顔をするでしょうね」

『大和』超武装艦隊旗艦空母『大和』の艦橋で、仙石参謀長が不敵な笑みを浮かべた。

「知られたら困るさ、参謀長。囮は秘なるからこそ囮なんだからね」

応じた竜胆長官の顔にも余裕があった。

『大和』超武装艦隊は、正確に言うと二つの戦隊によって編制されている。

超弩級空母『大和』、それに異形の巡洋艦『八幡』と『初穂』を擁する主隊と、今、仙石参謀長の言った囮戦隊である。

囮戦隊はイギリス軍偵察機が見た輸送船、駆逐艦、巡洋艦などで編制されているが、作戦によっては主隊から新たな艦艇を派遣することになっていた。

また、イギリス軍偵察機は、外見からただの輸送船と見たのだろうが、実は違う。『大和』超武装艦隊麾下の輸送船はすべてが軍艦と同じ機関を持っており、最大速力はいずれも駆逐艦並であった。

このときの囮戦隊の任務は、敵の目を囮戦隊に引きつけて後方の偵察を甘くさせることだった。

それは見事に成功し、『大和』超武装艦隊は悠々とZ艦隊の発見に成功していた。

囮戦隊の活用法はこれだけではないのだが、それはまた後の話――。

パチパチッという音が『大和』の艦橋の外で鳴り出した。南方特有の激しいスコールが、艦体を叩く音だった。

「また来たか」

竜胆が苦笑を浮かべ、艦を包み始めた水しぶきに目をやった。

「攻撃部隊に影響がないといいな、参謀長」

「そうですね。風や雨は航空部隊の鬼門の一つですからね」

仙石も少し不安を感じたのか、見えない敵がいる空のほうをじっと見つめた。

「ご安心ください。我が航空部隊はベテラン揃いですから」

二人の不安を振り払うように言ったのは、航空参謀の牧原俊英《としひで》中佐だった。

航空戦のスペシャリストである牧原航空参謀の断ずるような言葉に、竜胆と仙石は頼もしそうに牧原を見てから顔を見合わせた。


雲海を抜けた『大和』超武装艦隊航空攻撃部隊の周囲は、竜胆と仙石の不安をよそに快晴だった。

部隊は、零式艦上戦闘機二四機と九九式艦上爆撃機三六機、それに九七式艦上攻撃機三三機の計九三機によって編制されていた。

総指揮官は、艦爆部隊の指揮官をも兼務する『大和』飛行隊長の木月武中佐である。

アメリカ太平洋艦隊第14任務部隊との戦いで戦果を上げた木月だが、イギリス海軍が誇る『プリンス・オブ・ウェールズ』を擁したZ部隊への攻撃には特別の感慨があるらしく、出撃前の控室で部下たちに「ふんどしを締めろ」と珍しく檄《げき》を飛ばしていた。

飛行機乗りとして大艦巨砲主義の悪癖からは脱している木月だが、不沈戦艦と呼ばれる『プリンス・オブ・ウェールズ』の存在は、彼にしてもやはり脅威だったのである。

攻撃部隊の先頭を滑空するのは、『大和』分隊長市江田一樹中尉が率いる艦戦部隊だ。

敵の偵察機がウロウロしているのを先ほど排除したが、これで敵がこちらの存在に気づいたことは間違いなく、やがて敵の迎撃部隊が来るはずだと、市江田中尉は愛機の翼をバンクさせて部下たちの士気を高めた。

ところが、敵の迎撃部隊の登場は、はるか眼下に敵艦隊が視認できるほどの低空だった。

遅れに遅れた空母『アーク・ロイヤル』搭載の迎撃部隊は、六機の『フルマー』

複座式艦上戦闘機である。

『フルマー』についての情報を日本軍はあまり持っていなかったが、同盟国のドイツやイタリアを通じて入ってくるわずかなものによれば、評価は高くない。情報が正しければ、それこそ遊びながらでも勝てそうな相手だった。

だが、と市江田は考えている。

外国から寄せられる情報はそう当てにはならなかったし、情報を送ってきたドイツ海軍自身が、イギリス海軍にかなり苦戦しているという情報もあった。イギリス海軍機を舐めてかかるのは危険だと市江田は考えていた。

もっとも市江田は、『フルマー』が零戦より優れている戦闘機だとまでは、まったく思っていない。市江田の零戦に対する信頼は、揺るぎないものであった。

接近してくる『フルマー』隊に対し、市江田は正攻法の作戦を取った。背後に回って攻撃を仕掛ける。

そしてそれは驚くほど簡単に、成功した。

零戦に背後を取られた『フルマー』は、旋回や機体を滑らせたりして危機を逃れようとしたが、速力と操縦性でともに零戦には悲しいほどに劣る『フルマー』にそれができるはずはない。

ドドドドドドッ！

ズドドドドドドッ！

近距離から発射された零戦の二〇ミリ機関砲弾が、『フルマー』の機体を裂いた。

グガガガァアン！

ズババァァ――――ン！

ドガガガァァ――――ンッ！

六機の『フルマー』が次々に炸裂したのは、二つの部隊が邂逅《かいこう》してわずか数分後のことだった。

市江田は残機がないか確かめるように天空を駆けめぐると、部隊の援護に戻った。

タムタムタムタムタムッ！

タンタンタンタンタンッ！

急角度で降下してくる日本海軍の九九式艦爆に向かって『プリンス・オブ・ウェールズ』から乾いた発射音を上げているのは、イギリス軍が誇るポムポム砲だ。

ポムポム砲とは、水平四連装の四〇ミリ対空機関砲を上下二段に重ねて、上下交互に斉射するというシステムの対空砲である。

すさまじいのはその発射速度で、なんと一門あたり毎分一二五〇発の砲弾を叩き出すのだ。

日本海軍の艦艇が標準的に搭載している二五ミリ機銃が毎分二二〇発だから、五倍以上という計算になる。

『プリンス・オブ・ウェールズ』はそのポムポム砲を四八門搭載しているから、一分間に六万発もの砲弾を発射できるというわけだ。驚異的な威力と言っていいだろう。

しかし、兵器の威力は兵器の持つ能力だけで決まるものではないことも事実である。

どんなに兵器の性能が高くても、それを使う射撃手の腕によっては凡器にも変わるのだ。

このときのZ部隊が、まさにそういう状況にあった。

イギリス海軍はアジア遠征に臨み、空母『アーク・ロイヤル』を除いて、戦艦『プリンス・オブ・ウェールズ』と巡洋戦艦『レパルス』の乗組員の半数を新兵と交替させていた。

日本海軍など大したことないと舐めきって、ベテラン乗組員を大西洋に残しておこうと考えた結果、『プリンス・オブ・ウェールズ』と『レパルス』のポムポム砲手の多くが、まだ腕の未熟な新兵によって占められていたのだ。

これではどんなに性能の高い兵器でも、宝の持ち腐れと言えよう。

タムタム！

タムタムタム！

日本軍が攻撃目標としているらしい空母『アーク・ロイヤル』を援護すべく、『プリンス・オブ・ウェールズ』からはすさまじい数のポムポム砲弾が敵攻撃部隊に噴き上げられるのだが、新兵の射撃は残念ながら実にお粗末であった。

そんなイギリス海軍の油断をついて、日本海軍の九九式艦爆は爆撃を避けるべくジグザグ航走を続ける『アーク・ロイヤル』に直撃弾を喰らわせていった。

ガガァア――ッン！

ズガガァァア――――――ン！

何発目かの直撃弾が『アーク・ロイヤル』の艦橋を襲ったがために、一瞬にして『アーク・ロイヤル』は頭脳を失った。

「提督。『アーク・ロイヤル』が艦橋を直撃され、艦長、機関長、航海長らが戦死したそうです！」

「くそっ！」

〝サー〟の称号を持つ提督らしからぬ言葉が、『プリンス・オブ・ウェールズ』上のフィリップス長官の口から飛び出す。

刹那《せつな》。

ドガガガァァ――――――――ン！

『アーク・ロイヤル』の左舷に火柱が見え、激しい炸裂音がした。

「魚雷です、提督。『アーク・ロイヤル』が魚雷を貰いました！」

リーチ艦長が悲痛の声を上げる。

ドガガガァァ――――――――ン！

二発目の魚雷が『アーク・ロイヤル』の左舷をまたしても直撃したのだ。

ブブバァァ――――――――ン！

『アーク・ロイヤル』の飛行甲板中央から紅蓮《ぐれん》の炎と白煙が噴き上げるや、あっという間に艦体は炎に包まれていた。

ゴゴゴォォォ――――――――ッ！

炎は音を上げ、哀れな姫君のごとき『アーク・ロイヤル』は、ゆっくりと左に傾き始める。もう誰の目にも、船の生命が、残りわずかだとわかった。

フィリップスやリーチ船長が、呆然《ぼうぜん》と『アーク・ロイヤル』を見つめている。

グゴゴォ――――――ン！

突然『プリンス・オブ・ウェールズ』の艦首に閃光と爆撃が轟いた。

「ちっ！　『アーク・ロイヤル』の次は『プリンス・オブ・ウェールズ』か！」

リーチ艦長が、叫んだ。

「だが、我が『プリンス・オブ・ウェールズ』は、お前らなどにやられはせんぞ！」

赤鬼のように顔を朱に染めたリーチ艦長は、爆撃を受けてわずかに白煙を上げる艦首を睨んだ。

艦長が言う通り、九九式艦爆の二五〇キロ爆弾を受けても、『プリンス・オブ・ウェールズ』にはさほどの被害もない。

「か、艦長！　左右両舷側に向かって魚雷です！　右舷二、左舷三！」

悲痛な絶叫が『プリンス・オブ・ウェールズ』の艦橋に響いた。

「面舵、いっぱ～い」

間を開けずリーチ艦長が、命じる。

「提督。一、二発は貰うかもしれませんので、何かにつかまって衝撃に備えてください」

リーチ艦長に言われ、「わ、わかった」と、フィリップスが鈍重な動きでパイプの柱を摑んだ。

これでは駄目だと思いながらも、攻撃を仕掛けてきた日本軍航空部隊を見つめる。消えた輸送船団、『アーク・ロイヤル』の沈没と、相次ぐ悲運にさすがのフィリップ提督も士気が揺らいでいた。

そこに『プリンス・オブ・ウェールズ』に対する魚雷攻撃が重なったのだ。

「左舷、艦尾に命中します！」

見張員の悲鳴のあと、グワワガガァァ――――ンとものすごい炸裂音がして、『プリンス・オブ・ウェールズ』はまるで海面から押し上げられるように振動した。

「ご安心ください、長官。我が『プリンス・オブ・ウェールズ』は、魚雷の一本や二本どうということはありませんから」

リーチ艦長の口元に、不敵なのか、それとも無理をしているのか、よくわからない笑みが浮かんでいる。

「ああ、それは知っている」

フィリップスが、小さくうなずいた。

『プリンス・オブ・ウェールズ』といえども不沈艦ではないと話していた二人だが、

確かに『プリンス・オブ・ウェールズ』がこれまでの戦艦に比べれば重装甲であることは確かであった。

上空で待機していた『大和』飛行隊長木月武中佐は、『プリンス・オブ・ウェールズ』と『レパルス』の対空砲火を任じる砲手たちの技術練度が低いことを、すでに見抜いていた。

「よくもまあ、この程度の腕でアジアまで出張《でば》ってきたもんだよな」

木月が言うと、九七式艦攻の後部座席にいる通信員志村一飛曹が、

「これなら水平爆撃部隊も安心ですね」

この日の九七式艦攻三三機のうち、雷装が二一機、残りの一二機が爆装で、仕上げの任務をすることになっていた。

「そうとも言えないぞ、志村。確かに腕の悪い連中だが、あれだけの量を噴き上げていれば、下手な鉄砲も数打ちゃ当たる、だ。油断するなよ、郷田《ごうだ》少尉」

木月は戒《いまし》めるように言って、操縦員の郷田少尉に声をかけた。

「はい」

郷田少尉が短く答え、うなずいて見せた。

「それじゃあ、やるか」

木月の言葉に、郷田が操縦桿を右に曲げた。


ズガガガガガッ！

低空で侵入した零戦が、『プリンス・オブ・ウェールズ』の艦橋近くのポムポム砲座に機首固定の七・七ミリ機銃を打ち込む。

銃撃された砲手が崩れていくのを目の端でとらえた艦戦部隊指揮官市江田中尉は、愛機のスロットルを開けながら操縦桿を思い切り引いた。


ウィ――――――ン。

零戦のエンジンが、限界まで回転して市江田機を急上昇させる。

木月と同じように、市江田も『プリンス・オブ・ウェールズ』のポムポム砲手の腕が未熟であることを見破っていた。

しかし、木月も言っていた通り、うるさいことには違いなく、一門でも一基でも叩き壊そうと機銃攻撃を敢行したのである。

指揮官の意図を察した零戦が、次々に『プリンス・オブ・ウェールズ』に襲いかかった。

「艦長。左舷に魚雷二、接近してきます」

双眼鏡を覗いていた見張員の報告が入った。

「しつこい奴らだ！」

「提督。『レパルス』も魚雷を受けたそうです」

「被害は、どうだね？」

「小さいそうです」

「そうか」

フィリップスが、息を吐き出す。

巡洋戦艦という名が示す通り、『レパルス』は高速を得るためにやや防御が脆《もろ》いという欠点を抱えた軍艦なのだ。

当たり所が最悪の場合を除いて、一発では『アーク・ロイヤル』の二の舞にはならないだろうが、『レパルス』に対しては『プリンス・オブ・ウェールズ』ほどの信頼感をフィリップスは持てなかった。

しかも、出撃当時はさほど気にならなかった砲手たちの技量不足が相当にZ部隊を苦しめていることを知り、フィリップスはその点でも激しい後悔を感じていた。

『プリンス・オブ・ウェールズ』の巨軀《きょく》が右に傾《かし》ぎ、油断していたフィリップスは少し揺れた。

「か、艦長！　右舷前方に雷跡！」

見張員の絶望したような声がした。

「畜生《ちくしょう》！　罠にはめられたか！　来るか!?」

「艦首に！」

「提督。摑まってください！」

「わかっている！」

ズドドドドドォォ────────ン！

「直撃！」

「被害、知らせろ！」

「艦首右舷より浸水。速度低下、五ノット！」

「くそっ。ここに来て速度が落ちると痛いな」

当然だ。速度が遅くなれば敵の攻撃を受けやすくなるのだ。

フィリップス提督の脳裏に、アメリカ軍のパールハーバー基地が襲われているところを撮った新聞写真が鮮やかに浮かび上がった。

友好国のアメリカの被害だ。気にならないわけはないのだが、その写真を見たフィリップスは、アメリカに対する同情より、アメリカの無様《ぶざま》さに呆《あき》れたのである。自軍が敢行した〈タラント空襲〉から、アメリカは学ぶべきだと思ったからだ。

と同時に、フィリップスは〈タラント空襲〉と〈パールハーバー奇襲作戦〉の成功は係留していた艦に攻撃をかけたからこそであり、動き回る艦艇に対しての航空機からの爆撃など、相当な旧型老朽艦でなければ成功できないとも考えていた。

ところがどうだろう。Z部隊はすでに『アーク・ロイヤル』を失い、『プリンス・オブ・ウェールズ』は直撃弾数発と魚雷二発、『レパルス』も直撃弾と魚雷を一発受けている。

（戦い方が変わってきているのかもしれない……）

ここに来て初めて、フィリップスは自分の戦法が誤っていたことに気づいたのであった。

ドドンッ！

ドン――――ドンッ！

「また魚雷か、艦長」

「違います。水平爆撃です！」

これまで強気一辺倒だったリーチ艦長の声も、やや沈んでいる。

ズグワァ――――――ン！

これまでにない衝撃が、『プリンス・オブ・ウェールズ』を襲った。

「煙突の横を直撃されました」

「煙突は無事か！」

リーチ艦長の声に、殺気が混じる。

煙突の下には機関室があるのだ。機関室に被害を受ければ、速力低下どころか停止もあり得る。

そうなれば、それこそ〈タラント空襲〉や〈パールハーバー奇襲作戦〉と同じ結果になるのだろう。

「機関室が出火です」

リーチ艦長のもっとも恐れていた報告が入る。

直撃はなかったが、爆撃箇所が炎上して火が機関室に移ったのだ。

「消火、できるか！」

「できると思います」

その答えにリーチ艦長の首が安堵で垂れたが、艦長の幸福は長くは続かなかった。

ドゴォーーン！

新たな一発が、今度は煙突後部に炸裂したのである。

衝撃でフィリップスはよろめき、腹部をテーブルの角に当てて呻《うめ》きながら膝をついた。

「て、提督！　医療兵！　医療兵はどこだ！　提督の手当を！」

「だ、大丈夫だよ、艦長。腹をぶつけただけだ。医療兵は忙しい。私のことにかまう必要はない」

フィリップス長官は、自分の言葉を証明するようによろよろと立ち上がった。


マレー部隊旗艦巡洋艦『鳥海』の艦橋は、不可思議な静寂に包まれていた。

南遣艦隊麾下のマレー部隊が、飛び交う無線の傍受によってイギリス艦隊と日本艦隊が交戦していると知ったのは、一五分ほど前だ。

マレー部隊司令部としては、狐に包まれたような気分だった。

なにしろ自分たち以外の日本艦隊が、この海域に遠征していることなどまったく聞かされていなかったのだ。

と言って、それを確かめることは、無線封鎖をしているのだからできはしない。

「何かの間違いではないか」と言う者もいたが、マレー部隊指揮官小沢治三郎中将がしばらくしてから言った。

「正直言って、俺にも何がなんだかわからん。とはいえ、このまま座しているわけにはいくまい。ここは俺たちの戦場なんだからな」

言われてみればその通りだった。

しかも、これまでに二度も苦杯をなめさせられているイギリス艦隊の位置が、ようやく明らかになったのである。黙って考えにふけっている場合ではないと、誰もが思った。

問題は、交戦が行なわれている戦場までの距離である。

どんなに速力を上げようと、戦場に到着するには二時間近く掛かるのだ。それまでに戦いが終わっていた場合、再び敵艦隊を見失う可能性もある。

ただ、救いはイギリス艦隊が空母を撃沈されたらしいという情報だ。もしそれが本当なら敵も航空戦力は使えないわけで、条件は同じである。

「急げ。とにかく急ぐんだ」

小沢長官は、口の中で呪文のようにその言葉を繰り返した。

出撃を決定した部隊が、もう一つある。

これまた無線傍受で交戦を知った日本海軍航空基地である。

基地航空艦隊司令官は、サイゴンとツドウムの二つ基地の九六式陸攻部隊と掩護《えんご》の零戦部隊に、出撃を命じた。

基地航空部隊の到着もおよそ一時間半と算出されたが、こちらの場合は足があるから、海戦が終了していたとしても、敵艦隊が全滅でもしていない限りは一矢報いることが可能だと判断されていた。

また、傍受した無線から空母『アーク・ロイヤル』を撃沈したのが航空機であることを知り、自分たちの攻撃も十分に効果があるはずだと自信を深めていた。

煙突後部への直撃によって、『プリンス・オブ・ウェールズ』の機関室は消火どころか激しい炎に充満され、ついにその足を止めた。

消火ができなければ、業火《ごうか》がやがて弾薬庫に回るのは確実だ。

リーチ艦長は、フィリップス長官に渋々と退艦を進言した。

「許可しよう、艦長。幸い敵の攻撃もそろそろ終わりそうだからね」

憑《つ》きものが抜け落ちたかのようなフィリップスの笑顔に、リーチ艦長は一抹《いちまつ》の不安を感じたが、敬礼をして総員退艦の命令を出した。

乗組員が退艦作業をする間、フィリップス長官はパリサー参謀長を呼んでしきりに何か話していた。

パリサーの顔が強《こわ》ばったり、時折り首を激しく振る様子があるのでリーチ艦長は気になったが、退艦作業の指揮をせねばならず、艦長が二人の話の内容を知るのは最後の最後だった。

駆逐艦と巡洋艦への退艦作業がほぼ完了したリーチ艦長は、まだ艦橋にいるフィリップス長官とパリサー参謀長の下に歩み寄った。

「提督。お急ぎください」

リーチが静かに言った。

「ありがとう、艦長。しかし、私は艦を離れるわけにはいかないよ。誇りと名誉あるイギリス軍人としてはね」

「なるほど。それではいくらお勧めしても無理でしょうね」

そう言って、リーチは笑みを作った。

「君もそのつもりなんだな」

フィリップスが、笑みを返す。

「もちろんですよ、提督。私にも誇りと名誉を分けてください」

二人の間に、ほんのわずかに沈黙が落ちた。

「……そうか。君も、いくら勧めても無駄なんだね」

「はい。私の最後の任務ですから」

リーチは、きっぱりと言った
「そういうことだ、参謀長。後の指揮は任せたよ」

フィリップスが、パリサー参謀長を見た。

「い、いえ。私にもイギリス軍人としての誇りと名誉をお願いいたします」

パリサー参謀長が、哀願するように言った。

「まだ言っているのかね、参謀長。このあと指揮を任せられるのは君だけなんだよ。残った艦と兵を速《すみ》やかに撤退させる難行も、それはそれで誇りと名誉ある任務じゃないか」

「し、しかし、提督……」

「参謀長。私からもお願いします。部下たちと、そして艦隊をお守りください」

リーチ艦長の顔は、死出の旅に出ようとする者にしてはずいぶんと晴れやかだった。いや、死を決意し、すべてを達観したからこそ晴れやかだったのかもしれない。

そしてそれは、フィリップス長官も同じだった。

パリサー参謀長が諦めたように首を振って、艦橋の出入口に向かった。

そこでパリサーは一度止まって振り返り、最後の敬礼をする。

心の決まった提督と艦長は、にっこりと笑って参謀長に敬礼を返した。

『プリンス・オブ・ウェールズ』がシャム湾にその体を深く沈めたのは、海戦開始からわずか三五分後のことであった。

「見つけました。『レパルス』のようです」

潜望鏡を覗きながら、『丹一号』潜水艦長の福島四郎中佐が言った。

『レパルス』の速力が遅いのは、攻撃を受けたためだろうと福島は思った。

「よし。魚雷戦準備だ」

艦長の横に立っている『大和』超武装艦隊潜水部隊司令三園昭典大佐が、短く言った。

『丹号』潜水艦は、排水量水上三五〇トン、水中四八五トン、全長三九・四メートルで、最大速度は水上二一ノット、水中一五ノットを出すことができ、水中航続距離は一二〇カイリ、水上航続距離は一〇〇〇カイリである。

兵装は五三センチ魚雷発射管四門と二五ミリ機銃で、これまでの『波号』潜水艦に比べればかなり強力だった。

だが、強力な兵装にスペースを取られた『丹号』潜水艦の艦内は、狭いために乗組員はわずかに一五人と、このクラスの潜水艦にすれば少ないほうである。それは、『丹号』潜水艦が『大和』を母艦としているために独立行動を取る必要がなく、長航海に必要な設備が極力削られているからだ。

しかし、何より『丹号』の驚くべき点は、「生みの親」である海軍超技術開発局艦船開発部部長の源由起夫海軍技術少将の卓越したアイデアと技術である。

「準備よし」

水雷長が、言う。

「一番、二番、射《て》ーっ！」

三園が言い、水雷長が復誦する。

すぐに、ゴン、ゴン、と二本の魚雷が圧縮空気によって相次いで発射された。

「全速、潜航」

三園が命じるや、『丹一号』は艦首を下げてスルスルと潜航を開始した。

潜航を続ける『丹一号』の艦内には時間が止まったように静寂が訪れ、聴音員が小さくつぶやく秒数の声だけがゆっくりと流れている。

「四秒……八秒……一五秒……二〇……命中！　二本目も命中！」

聴音員が嬉しさで叫ぶが、命中したことは艦体が命中の爆発の余波で揺れたことから誰にもわかった。

「さあ、帰るぞ。初陣で初手柄だ。誇っていいぞ」

三園の声がわずかに震えている。

これまで苦しい訓練が続き、時には三園を鬼のように感じていた兵までが、あふれる涙を拭《ぬぐ》おうとはしなかった。


『レパルス』が『丹一号』から受けた二本の魚雷は、舷側を完全に裂いていた。その裂け目に向かって、海水がものすごい勢いで流れ込んでいく。

『レパルス』艦長W・G・テナント大佐の判断は早かった。

自艦の装甲の弱さを誰よりも熟知しているテナント艦長は、沈没は意外に早いと読んで『プリンス・オブ・ウェールズ』から司令部が移っている駆逐艦『エレクトラ』に総員退艦を願い出た。

「どうにかならないかね」

フィリップス長官から指揮権を委ねられたパリサー参謀長は、まず言った。

『アーク・ロイヤル』、『プリンス・オブ・ウェールズ』に続いて『レパルス』まで失うことになれば、Z部隊はおろか栄光に包まれたイギリス東洋艦隊そのものが終焉を迎えるのは明らかである。

だが、テナント艦長からの返事は「ノー」だった。もう無理です、と彼は言った。

しかたなくパリサー参謀長は、テナント艦長に退艦の許可を与えた。

しかしテナント艦長の判断は、ある意味でZ部隊の全滅を救ったとも言える。

もし『レパルス』の延命を図って無駄な時間をここで費やしていたら、すでに手負いのZ部隊は、駆けつけてきた南遣艦隊マレー部隊、あるいは日本海軍の基地航空部隊の攻撃を受けていた可能性が高かったのだ。

Z部隊の撤退は成功する。とはいえ、増援の主力艦三隻を失ったことは、イギリス東洋艦隊が完全に壊滅したことを示していた。

「南遣艦隊から連合艦隊に、そろそろ不満の報告が届くでしょうね」

仙石参謀長が、顔中に苦笑を浮かべて言った。

「間違いないだろうな。できるなら、直接会って直々《じきじき》に小沢中将に詫びを言いたいところだが、それはできぬ相談だからな」

「ええ。私たちの行動は味方にもでき得る限り秘密にしておいたほうが、この先動きやすいですからね」

仙石参謀長がしれっとした顔で言い、艦橋中が爆笑した。

日本軍にとっては目の上のたんこぶのような存在だったイギリス東洋艦隊に、壊滅的な打撃を与えた未曾有の艦隊たる『大和』超武装艦隊は、現われたときと同じように、味方にも連絡を取らず速やかにシャム湾を後にした。


マレー部隊参謀長沢田虎夫少将が、悔しそうにテーブルをドンと叩いた。

今回、Z部隊を殲滅《せんめつ》した日本艦隊の正体についての質問に対し、連合艦隊司令部から、作戦遂行上その件に関しては答えられない、という回答が戻ってきたからだ。

「そう怒るな、参謀長」

意外にも小沢治三郎長官の顔は、穏やかだ。

「山本閣下の仕組みそうなことだよ」

「そうは思いますが……悔しいではありませんか。連合艦隊司令部は我々をなんだと思っているんでしょうか……」

「私だって悔しいことは悔しいさ。なんだか自分の庭を荒らされたような気もしている。報復もできずにやられっぱなしだったからね、こっちは」

「それなのに、です。正体を味方にまで秘密にしておくなんて、いかな山本閣下でも人が悪すぎるってもんです」

言うほどに沢田は怒りが膨れあがってくるのか、言葉付きも荒くなってきた。

「しかしな、参謀長。ものは考えようだぜ。俺たちの戦《いくさ》は終わったわけじゃあないし、ここは山本閣下に貸しを一つ作ったと考えようじゃないか」

「？　……山本閣下に貸し、ですか」

「ああ。山本閣下のことだ。今回の秘匿された作戦で俺たちのメンツが潰れたことぐらいは、十分にわかっておられるはずだ。そういうことには公明正大な人だし、信頼できる人でもあるよ。だから当然、俺たちに借りができたと考えているはずだ」

「それで、山本閣下に貸しですか」

「むろん閣下は、いつかこの貸しを俺たちに返そうと思われているはずだし、俺もいつかは返していただくつもりだよ」

「な、なるほど」

「天下の山本閣下に貸しを作った。そう考えればそれほど腹も立たないんじゃないか、参謀長。どうかね」

「ええ、そうですね。そう考えると、私もなんだか腹の虫が少し治まったようですよ、長官」

叩いた拳をさすりながら、沢田参謀長が表情を和らげた。

「まあ、貸しは貸しとして、実際のところ興味はありますよね。この正体不明の謎の艦隊に」

「それは私も同感だな。私たちがあれだけ苦労して捕捉できなかったイギリス艦隊を、いとも鮮やかに発見し、三隻の主力艦を葬り去った。こりゃ、どう考えても普通じゃないよ」

「まったくです」

「だが、まったく手がかりがないわけじゃない」

「本当ですか」

沢田が驚いたように、聞いた。

「参謀長も聞いてはいるだろ。世界最大の超弩級戦艦の建造が中止され、戦闘空母に改装されているという話は」

「ああ、聞いています。山本閣下が命を張って改装させたという噂でしたが……」

「うん。その空母、そろそろ竣工してもいいはずだが、いまだにどこかに配属されるという話はまったく聞かされていない」

「そ、そういえばそうですね」

「だから、ひょっとすると正体不明の謎の艦隊に、その超弩級空母が配属されているのかもしれないとは思わんか。あくまで推測だが」

「！　超弩級空母を擁する謎の艦隊というわけですか」

「ああ。まあ、いずれはわかるときが来るよ。いくら隠していても、そういつまでも秘密にしておくわけにはいかんからな。だからそのときを待とう」

「そうですね」

沢田が、素直にうなずいた。切り替えは早い性格なので、もはや顔から屈託《くったく》は失《う》せていた。


イギリス首相ウィンストン・チャーチルに、「我が生涯において、かくも大きな痛手を受けたことはなかった」と言わしめたイギリス東洋艦隊の壊滅は、マレー半島におけるイギリス極東軍およびイギリス極東空軍にも多大な影響を与え、彼らの地滑り的な敗走を生んだ。

イギリス極東空軍の航空戦力は、開戦当初およそ二〇〇機であった。数こそ揃っているように見えたが、戦力的には相当にひどい内容だった。

主力戦闘機のアメリカ製ブリュースターF2A『バッファロー』をはじめとして旧型機が多く、日本陸軍の傑作機である一式戦闘機の隼などに、まったく歯が立たなかったのである。

マレー半島攻略を果たした日本軍は、イギリス領の要《かなめ》たるシンガポール攻略という難事を見事に成功させつつあった。


『2』


アメリカ太平洋艦隊司令長官の任に着いたチェスター・W・ニミッツ大将がまずしなければならなかったことは、壊滅的な打撃を受けている戦力の増強であった。

アメリカ本国政府もその気だったため、ニミッツの要望には協力的で、大西洋からの増援は簡単に了承されたし、建造の進む新戦力についても、太平洋を優先してほしいという要求が聞き入れられた。

一月一五日昼過ぎ、ニミッツ長官が昼食を終えて、どうにか慣れてきた執務に取りかかろうとしていたとき、第8任務部隊指揮官ウィリアム・F・ハルゼー中将が威勢良く飛び込んできた。

ハルゼーの用向きを察知したニミッツは、軽く苦笑してソファを示した。

長官代行だったウィリアム・パイ中将との確執から、ハルゼーは行動を制せられていた。

パイが去り、ニミッツが就任した直後から、ハルゼーはニミッツに対して再三出撃の許可を要請してきている。

ところが事情に通じていないニミッツには、パイが出した命令の是非の判断ができず、ハルゼーに関してはパイの命令を継続してきていたのである。

しかし、現在は少し違う。多くの人間からハルゼーとパイの関係を知ることができたし、ハルゼー自身の評価もパイの報告とはずいぶん違うものであることが理解できるようになっていた。

だから、ハルゼーの用件が出撃に関する直談《じか》判であることを、ニミッツは見抜いていた。

案の定ハルゼーは、ニミッツに勧められたソファに座りもせず、言い出した。

「長官。十分と言えないでしょうが、戦力も整いつつあります。そろそろ私に出撃を許可してください。日本軍にこれ以上、好き勝手をさせておくわけにはいかんのです」

ニミッツはこれまでハルゼーの要請を退《しりぞ》ける理由として、戦力不足をあげていた。それは事実だったし、ハルゼーのような人物にはいろいろと言うよりも、単純な理由のほうが受け入れられるだろうと判断していた。

「わかっていますよ、ハルゼー中将。私だって、あなたの言うようにいつまでも日本に好き勝手をさせるつもりはありません。もちろんそのときには、中将を中心に作戦を行なうことを決めています。それは間違いないことですので、ご安心ください」

ニミッツの言葉が、階級が下であるハルゼーに対しても丁寧なのは、急な二階級特進の影響もあるが、もともと彼が軍人っぽい荒い言葉を好まなかったこともある。

「ただ、正直に申し上げて、もう少し知りたいのです。太平洋のことや日本軍のこれからの狙いを。そのための時間をあとわずかいただきたいんですよ、中将」

ハルゼーは、少し考えた。

これまでニミッツとは会談らしい会談はしておらず、ニミッツという人物がよくつかめていない。

ただ、何度も出した出撃要請に対してはかばかしくない回答を返してきたせいもあり、ハルゼーのニミッツ観は決して良いものではない。

だが今、目の前にいて、丁寧に語ったニミッツは、ハルゼーの思っていた人物とは少し違うように思えたのである。

しかも、これからの作戦の中心は自分であるという言葉は、ハルゼーにとってはなかなかの好感触だった。

「まあ、長官のお気持ちもわからないことはありませんが……」

だから、ハルゼーの返事も柔らかくなった。

「あと一週間、いえ、五日でかまいません。時間をください。予定ではそれまでにあと一隻空母も来る手はずになっていますので、そのときに今後の作戦会議を開きます。それでいかがですか」

「あと五日ですか……」

「猛将『ブル』ハルゼー中将にはお辛いでしょうが……ね」

ニミッツが再び、ハルゼーの自尊心をくすぐるような言葉を口にした。

「わかりましたよ、長官。五日ですね、待ちましょう」

「ありがとうございます」

　ニミッツが、慇懃《いんぎん》に頭を下げた。


　司令部を出たハルゼーは、待たせていた車に乗り込むとパールハーバー基地に戻り、第８任務部隊の旗艦になった『エンタープライズ』の司令官室に入った。

　ハルゼーは参謀長のマイルス・ブローニング大佐を呼ぶと、ニミッツとの会談の内容を話した。

「しかたないでしょう。長官本人も今度の就任は予想外のことだったでしょうし、前任が事務職ですから、カンを取り戻すのに若干時間が必要なのかもしれませんしね」

「そういうことらしい。がまあ、前任のパイがパイだけに、ニミッツ長官という人物にもかなり不安を感じていたんだが、どうやらパイとはまったく違うようだ」

「それは良かったですね。ああ、そう言えば、デスクの上をごらんになりましたか」

「デスクの上？」

「あったはずなんですがね、マッカーサーの写真がです」

「な、なに？　マッカーサーの写真をデスクに飾っているだと！」

マッカーサー嫌いの筆頭だけに、ハルゼーの表情が変わった。

「違いますよ、提督。長官はマッカーサーの写真を飾っているわけではありません」

ブローニングがマッカーサーの写真に関する逸話を話すと、ハルゼーは爆笑した。

「なるほど、そう言うことか。やはりパイとは違うようだ」

「パイ中将以下の人はそうはいませんよ、提督。あの人は別格です。史上最悪の長官代行と言っても言い過ぎではないでしょう」

ブローニングという人物は、他人を悪し様《あざま》に言うことはほとんどない。その彼がこれほど言うのは、これまで表には出さなかったが、パイに対して相当に腹を立てていたのだろう。

「だがな、マイルス。俺もずいぶんと立派になったろう」

ハルゼーが苦笑を浮かべながら、言った。

「はあ？」

「だからさ。忍耐力だよ。今までの俺なら、ニミッツ長官に対してもっと悪態《あくたい》をついているはずだからな」

「フフ、その点だけはパイ中将に感謝ですね。提督の忍耐力を鍛えたのは、パイ中将ですから」

「……かもな」

「ですが、提督。忍耐力と闘志は別物ですからね。必要なときは大いに怒ってください

よ」

「それは大丈夫だ。俺は一生、『ブル』の看板を下ろすつもりはないからな」

「安心しました。なにしろパイ中将とのことで忍耐を勧めたのは私です。それで提督の闘志が失われたら、私の責任は大きすぎますからね」

「そんな不安は無用だぜ、マイルス」

ハルゼーが満足そうに、笑った。

「少し飲むか、マイルス」

「楽しい酒になりそうですね」

「そいつはどうかな。『ブル』が楽しめるのは戦場にいるときだからな」

ハルゼーは口ではそう言ったが、楽しそうなのは声の調子でわかった。

「キル・ザ・ジャップ」

ハルゼーが、近頃ことあるごとに言い、部下たちも言い始めた言葉を口にすると、一気にウィスキーを喉に流し込んだ。

アメリカ太平洋艦隊の反撃態勢は、確実に整いつつあった。

パールハーバー基地の入口付近で、汽笛が鳴った。

帰還した駆逐艦あたりが鳴らしたのかもしれないが、ハルゼーとブローニングには、自分たちに声援を送っているような気がして気分が高揚し、二度目の乾杯をした。

言葉はもちろん、

「キル・ザ・ジャップ！」

第四章　蘭印攻略戦

『1』


シンガポール攻略に成功した日本陸海軍の次の目標は、現在のインドネシア、当時の蘭印（オランダ領インドシナ）であった。

蘭印には多くの資源が埋蔵されており、特に日本軍の戦争遂行には生命線となる油田が多くあった。

油がなければ艦艇も航空機も動かないだけに、蘭印の確保は、この戦争において不可欠とさえ言われていた。

だが、一気に蘭印を攻略するのは難しい。

それを成功させるには、マレーとフィリピンを無力化し、背後から安全を確保していかなければならなかった。

マレーはシンガポールの攻略でその目的は果たしたが、一方のフィリピンの攻略にはまだ手間取っていた。

しかし、あえて日本軍が蘭印攻略に踏み切ったのは、日本軍の攻撃を恐れて敵自らが油田を破壊してしまう可能性があったためである。

蘭印攻略の重要な目標の一つはスマトラ島のパレンバン油田だったが、海軍はその前哨戦のような形で一九四二（昭和一七）年一月一四日、海軍落下傘部隊をセレベス島のメナドに降下させてメナド攻略に成功していた。

陸軍も海軍に負けじと攻略部隊を二つに分け、南東から蘭印攻略の要衝《ようしょう》の一つであるジャワ島に向かって進軍を開始した。

ジャワ島および周辺区域を守護する戦力は、オランダ、アメリカ、イギリス、オーストラリアからなる連合国海軍である。

連合国海軍を束ねるのは、蘭印の宗主国であるオランダのコンラッド・Ｅ・Ｌ・ヘルフリッヒ中将だった。

その艦隊は、各国の頭文字からＡＢＤＡ艦隊とも、指揮官カレル・Ｗ・Ｆ・Ｍ・ドールマン（オランダ）少将の名を取って、ドールマン艦隊と呼ばれることもあった。

日本海軍と連合国海軍（ＡＢＤＡ艦隊）が初めて接触らしい接触をしたのは、一月二四日夜のことである。

バリックパパン攻略を狙う日本軍の輸送船団に対して、ＡＢＤＡ艦隊麾下のアメリカ海軍の駆逐艦四隻が襲来し、日本軍は輸送船五隻と哨戒艇一隻を失った。

この海戦は〈バリックパパン沖海戦（マカッサル海戦とも）〉と呼ばれた。

バリックパパン攻略の予定自体には影響はなかったが、日本海軍が歯がみする海戦であった。

日本海軍がＡＢＤＡ艦隊に一矢《いっし》報いたのは、それから数日後の二月四日に戦われた〈ジャワ沖海戦〉である。

ＡＢＤＡ艦隊麾下《きか》の旗艦オランダ海軍軽巡『デ・ロイテル』、アメリカ海軍重巡『ヒューストン』、アメリカ海軍軽巡『マーブルヘッド』、オランダ海軍軽巡『トロンプ』ほか駆逐艦七隻からなる艦隊が、バリ島北方を航行しているのを日本の索敵機が発見、報告した。

連絡を受けた第一一航空艦隊（基地航空隊）長官塚原《つかはら》二四三《にしぞう》中将は、鹿屋航空隊と高雄航空隊および第一航空隊を出撃させた。

その航空戦力は、一式陸攻三六機と九六式陸攻二四機である。

不意をつかれたＡＢＤＡ艦隊は、陸攻部隊の爆撃によって『ヒューストン』が直撃弾一発、『マーブルヘッド』が二発を受けた。

両艦は沈没こそ免《まぬが》れたが、大きな被害である。

さらにＡＢＤＡ艦隊にとって悲劇だったのは、この日の出撃が日本軍上陸船団殲滅を目的としていたのに、その情報自体が誤報だったことだ。

日本海軍は先日の恨みを晴らしたと喝采《かっさい》し、その分だけドールマン提督の怒りが胸の奥に沈殿したことは言うまでもない。

他国の兵たちは、ＡＢＤＡ艦隊指揮官ドールマン提督を寡黙な男と称していたが、実は違う。

アメリカ軍、イギリス軍、オーストラリア軍は英語という共通言語を持っていたが、オランダ人のドールマンは、聞き取りはわずかにできたものの、話すことができなかったため、必然的に彼らとの会話がほとんど無かったのである。

これは、ＡＢＤＡ艦隊が抱える致命的な欠点だったと言えよう。

作戦会議や作戦実行時に、ドールマンは通訳を横に置いていた。

会議はまだしも、実行時ともなれば意思の疎通は速《すみ》やかに行なう必要があるのだが、それが難しい。

時には誤訳が混ざったり、勘違いが生じてドールマンの命令が正確に伝わらず、他国部隊がドールマンの考えとはまったく別の行動をとることさえあった。

ドールマンはその問題を連合国海軍司令官コンラッド・E・L・ヘルフリッヒ中将に訴えたが、プライドの塊《かたまり》のようなこの人物は、「奴らにオランダ語を覚えさせればいいのだ」と、冷たくあしらった。

ABDA艦隊にもう一つの欠点があるとすれば、こういう人物が司令官として上にいることだったろう。ヘルフリッヒ中将が柔軟な思考を持ち、他国人同士の意思疎通を隔てる壁を破る努力をすれば、ABDA艦隊はもっと違った組織になっていたに違いない。

ドールマンはしかたなく作戦行動に必要な英語を覚えようとしたのだが、前線の指揮を執る人間に十分な時間的余裕があるはずはなかった。

そして、日本海軍とABDA艦隊による前半戦の命運を分ける戦いが、勃発する。

　ジャワ島の東にあるバリ島に飛行場を確保しようとした日本軍は、二月一八日、陸軍の攻略部隊が乗る二隻の輸送船を第八駆逐隊の『大潮』『朝潮』『満潮《みちしお》』三隻の駆逐艦に護衛させ、出撃させた。

　途中で『荒潮』が合流し、護衛部隊は四隻となった。

　名前からわかる通り、この四隻は朝潮型駆逐艦の同型艦で、同型は一〇隻あった。

　性能は、基準排水量二〇〇〇トン、全長一一八・〇メートル、最大速力三五ノットで、航続距離は一八ノットで四〇〇〇カイリである。

　兵装は、六一センチ四連装魚雷発射管二基八門、一二・七センチ連装砲三基六門、一三ミリ連装機銃二基四挺を装備していた。

　ロンドン軍縮条約に定められた範囲の駆逐艦としては最後のクラスで、この時期の優秀艦の一つでもある。

　翌一九日、日本軍が上陸を狙ったのは、敵の飛行場があるデンパサールに近い敵の泊地サヌールであった。

　ほとんど抵抗を受けず、上陸は成功した。

　日本軍のサヌール泊地上陸の報を受けたドールマン提督は、旗艦軽巡『デ・ロイテル』に座乗し、軽巡『ジャワ』、駆逐艦『ピート・ハイン』、アメリカ海軍駆逐艦

『ポープ』『ジョン・D・フォード』を率いて出撃した。

ABDA艦隊とひとくくりに呼ぶが、実は四カ国海軍一堂に会して行動しているわけではない。ABDA艦隊の守備範囲は広く、通常はいくつかのグループに分かれて行動していた。

従って、このときにドールマン提督が率いていたのは、ABDA艦隊の一部ということになる。

ドールマンは、別働艦隊に対して〈サヌール奪還作戦〉に協力するように暗号電報を送ったが、必ず合流できるかどうかの自信はなかった。

問題は、もし別働艦隊の到着がずれた場合、自分たちだけで攻撃するか、他のグループを待つかである。ドールマンとアメリカ駆逐艦隊指揮官の間で、意見が割れた。

血気にはやるアメリカ海軍指揮官が、

「情報では、敵部隊の護衛戦力はわずか駆逐艦四隻。今の戦力で十分に戦える」

と言ったのに対し、ドールマンは、

「日本海軍は侮《あなど》れない。長時間は無理だろうが、ある程度は待機すべきである」

と反論した。

結論が出ないまま、オランダとアメリカの連合艦隊はサヌール泊地に迫りつつあった。

二〇日朝、サヌール泊地を出航した『大潮』と『朝潮』に対し、ドールマン提督の制止を無視して岩陰から飛び出したアメリカ海軍駆逐艦『ポープ』と『ジョン・D・フォード』が砲撃を開始した。

両艦もまた同型艦のクレムソン級駆逐艦で、兵装は一〇・二センチ単装砲四基四門と七・六センチ単装砲一基、五三・三センチ連装魚雷発射管四基八門であった。

ドガ――――ン！

ドガ――――ン！

『ポープ』と『ジョン・D・フォード』の一〇・二センチ砲が火を噴く。

外れた砲弾が、『大潮』と『朝潮』の周囲に水柱を上げる。

ズガガ――――ンッ！

ズッガァ――――――ン！

時を移さず『大潮』と『朝潮』が反撃を開始した。

主砲のサイズでは朝潮型のほうに分があるが、両者の距離はおよそ二〇〇〇メートルしかない。命中すれば互いに大きな被害を受けることは確実であろう。

ここに至れば、ドールマンも見学しているわけにはいかない。

「微速前進！」と、命じた。

岩陰から現われた二隻の軽巡と一隻の駆逐艦に日本軍側は少し驚いたが、怯《ひる》むことなく攻撃を続けた。

ドールマンの命令一下、『デ・ロイテル』が初弾を放ったのは、参戦して即座であった。

ABDA艦隊の旗艦である軽巡洋艦『デ・ロイテル』は、設計の段階から旗艦になる軍艦として決まっていた。

基準排水量六六四二トン、全長は一七〇・九二メートル、最大速力は三二ノットである。兵装は一五センチ連装砲三基六門、同単装砲一門、四センチ単装機関砲一〇門、一二・七センチ単装機銃八挺であった。

そのときだ。

グワァァーーーーン！

なんという皮肉であろう、『デ・ロイテル』の後方を進んでいた駆逐艦『ピート・ハイン』の艦橋に直撃弾が炸裂し、粉々になって吹き飛んだのである。

真っ先に飛び出したアメリカ駆逐艦が未だ無傷なのに、それまで隠れていた『ピート・ハイン』が最初の被害を受けたのだ。

「くそっ！」

ドールマン提督は激しく舌打ちをすると、砲撃を命じた。

ズゴゴォ――――ン！

ズゴゴ――――――――ン！

『デ・ロイテル』の一五センチ砲が、唸《うな》った。威力だけなら今いる艦艇の中では一番である。

浜に近いところで投錨《とうびょう》していた『荒潮』が、補給を中断して戦闘に加わった。

周囲の大気は、両軍のすさまじい艦砲戦によって震え続けていた。

「提督。援軍です」

「うむ」

ドールマンが、軽くうなずいた。

戦闘に間に合ったのは、オランダ軽巡『トロンプ』、アメリカ海軍駆逐艦『スチュワート』『パロット』『ジョン・D・エドワーズ』『ピルスベリ』の五隻である。

この部隊の登場で、形勢は一気にＡＢＤＡ艦隊へと有利に傾いた。

まず被害を受けたのは、駆逐艦『スチュワート』の放った魚雷を右舷に受けた

『大潮』だった。舷側を裂かれた『大潮』は右に傾くなり、あっという間に海中に没した。

しかし、ＡＢＤＡ艦隊にも被害が続いた。

ＡＢＤＡ艦隊の最前線にいた『ポープ』が煙突を吹き飛ばされ、舷側を打ち抜かれて撃沈したのである。

不利を悟った『朝潮』が、艦首を北に向けて撤退を計る。逃がすものかと、ＡＢＤＡ艦隊の複数艦の砲が『朝潮』に集中する。

ズガガガァ――――――ン！

ドガガガァァ――――――ン！

ドドッ――ンッ！

一発、二発、三発。総身に砲弾を受けた『朝潮』は瞬《また》く間に炎に包まれ、艦体中央から裂けて砕かれた。

万事休すの『朝潮』の掩護《えんご》をするつもりなのか、最後まで荷役作業を続けていた『満潮』が、砲身が焼き切れろとばかりの激しい砲撃をしながら、戦闘に参加してきた。

だが、第八駆逐隊の不利は『満潮』の参入でも変わることはなく、相次いで『朝潮』『満潮』は海中に没した。

四隻の駆逐艦を完璧に打ち破ったABDA艦隊は、この後、日本軍が占領した飛行場に向けて艦砲射撃を続けたが、辺りはゆっくりと闇に包まれ始める時刻のため効果は薄かった。

長居をすれば日本艦隊の反撃があると判断したドールマン提督は、撤退を命じた。

後に〈バリ沖海戦〉と呼ばれるこの海戦は、この戦争で初めての本格的な艦砲戦であり、日本軍が喫した、これまた初めての完敗と言える戦いだった。

これまでに大きな敗北を経験していない日本海軍は、第八駆逐隊が全滅したうえにサヌールに上陸部隊が孤立したことを知って、驚愕《きょうがく》し烈火のごとく怒った。

即座に、〈サヌール再上陸作戦〉が計画された。

派遣されるサヌール上陸部隊は、第五戦隊と第二水雷戦隊、それに第四水雷戦隊を主力とした部隊である。

編制は、

主隊（指揮官＝高木武雄《たけお》中将第五戦隊指揮官兼務）

第五戦隊

重巡『那智《なち》』『羽黒《はぐろ》』
第七駆逐隊第一小隊
駆逐艦『潮《うしお》』『漣《さざなみ》』
主隊支援隊付
駆逐艦『山風』『江風《かわかぜ》』
第二水雷戦隊（指揮官＝田中頼三《らいぞう》少将）
旗艦軽巡『神通《じんつう》』
第一六駆逐隊
駆逐艦『雪風』『時津風《ときつかぜ》』『初風』『天津風《あまつかぜ》』
第四水雷戦隊（指揮官＝西村祥治《しょうじ》少将）
旗艦軽巡『那珂《なか》』
第二駆逐隊
駆逐艦『村雨《むらさめ》』『五月雨《さみだれ》』『春風』『夕立』
第九駆逐隊第一小隊
駆逐艦『朝雲』『峯雲《みねぐも》』
であった。

〈サヌール上陸作戦〉には十分すぎるほどの戦力だと思われたが、それだけ日本海軍は威信を傷つけられたということだろう。

絶対に失敗は許されない。その証《あかし》でもあった。


これに対してドールマン提督は、日本艦隊が必ずサヌール再上陸を狙ってくると読み、いつでも出撃できる態勢を取っていた。

〈バリ沖海戦〉での勝利は、それまでＡＢＤＡ艦隊内にあったわだかまりをわずかにだが解消した。

特に、自分たちの突出に対してすぐに掩護してくれたと、アメリカ艦隊ではドールマンの評価が上がった。

なかでもアメリカ海軍の総指揮官的存在である重巡『ヒューストン』艦長アルバート・Ｈ・ルックス大佐は、通訳を通してであるが、ドールマンにわざわざ感謝の言葉を伝えてきた。

ルックス大佐は、〈バリ沖海戦〉でのアメリカ海軍駆逐艦部隊指揮官の判断より、ドールマンの判断が正しい、とも言ったのである。

二月二七日、サヌール上陸部隊は、セレベス島のマカッサルを出撃した。

ＡＢＤＡ艦隊の偵察機が日本海軍のサヌール上陸部隊を発見したのは、二九日の午後のことである。

日本艦隊がサヌールを狙ってくるとドールマンは見切っていたが、ドールマンが指揮できるのは相変わらず別働艦隊に過ぎなかった。

少し前、ドールマンは無理を承知でヘルフリッヒ長官に本国からの増援を求めたが、にべもなく却下された。無理とわかっていての進言だが、そう簡単に断わられるとやはり腹が立った。

ドールマン提督は別の海域で行動している別働艦隊に至急合流するように暗電を送り、旗艦軽巡『デ・ロイテル』、オランダ海軍からの軽巡『ジャワ』、駆逐艦『コルテノール』『ヴィテ・デ・ヴィット』、イギリス海軍からの重巡『エクゼター』と駆逐艦『エレクトラ』『エンカウンター』『ジュピター』を率いてサヌールに進撃した。

合流する予定の部隊は、アメリカ海軍の重巡『ヒューストン』、駆逐艦『ジョン・Ｄ・エドワーズ』『ポール・ジョーンズ』『ジョン・Ｄ・フォード』『アルデン』、それにオーストラリア海軍の軽巡『パース』であった。

日本艦隊の戦力から見て、ドールマンが率いる艦隊だけで闇雲に挑むのは愚かに思えた。

「夜戦にしよう。そうすれば、アメリカとオーストラリア海軍とで挟撃が可能になるだろう」

と、ドールマンは結論した。

そのためには一度、日本艦隊にサヌール上陸を許すことになるが、それはしかたあるまいとドールマンは覚悟した。

サヌール上陸部隊は、前回のときのようにまったくと言っていいほどの抵抗を受けずサヌールに上陸を果たし、部隊指揮官の高木武雄中将を苦笑いさせた。

すぐにデンパサールの飛行場にこもっている残留部隊に連絡を取り、持ってきた物資の輸送を行なった。

深夜一二時、北からはＡＢＤＡ艦隊のアメリカとオーストラリアの部隊、南からは同じくオランダとイギリスの部隊が陸戦部隊の上陸を済ませ、帰途につかんとしている日本艦隊に接近していた。

戦端を切ったのはドールマンの部隊だった。

まず駆逐艦が、一斉に魚雷攻撃を行なった。

ズシュン！

ズシュン！

ズシュン！

数十本の魚雷が、放たれた。

ＡＢＤＡ艦隊は、息を殺して待つ。

そして数瞬後には、ドドドォ————ン！　ガガガガァァ————ン！　と、闇の中に真っ赤な火柱が上がった。命中である。

三本、四本、五本と火柱は確実に増えてゆく。やがて炎上している日本艦の炎が辺りを照らし、まるで照明のように日本艦隊のシルエットを浮かび上がらせた。

双眼鏡で敵艦隊の様子を確認していたドールマン提督は、そのシルエットに向かって砲撃するように巡洋艦に命じた。

ドッコ————ン！

ズグワァ————ン！

ズッドドドォ————ン！

巡洋艦部隊の砲から闇の中に噴き出る炎が、ドールマンにはＡＢＤＡ艦隊の怨念のように見えた。

夜戦の奇襲と知った高木中将は、己《おのれ》の犯した失策に憤怒《ふんぬ》の表情で応戦を命じた。

「被害はまだわからんか！」

苛立《いらだ》ちの声で、高木が叫ぶ。

高木にとって幸いだったのは、敵が放つ砲の炎によって敵の位置がわかることだった。

「撃て撃て撃てーっ！」

高木は叫び続けた。

しかしそのときすでに、ドールマンは部隊に撤退の命令を出していた。

「敵は逃げるようです！」

報告に、高木が叫ぶ。

「追撃だ！　一隻でも多く海の藻屑《もくず》にしてやる！」

ドールマン部隊が撤退する方向に、日本艦隊が艦首を向けたときだ。

ズガァ────ン！

ドガァ──ン！

なんということか、今度は背後から魚雷攻撃を受けたのである。

「しまった！　挟撃か！」

重ねた失策に、高木中将は体をブルブルと震わせた。

すぐさま背後の敵からの艦砲射撃も始まった。

アメリカ海軍重巡『ヒューストン』の二〇・三センチ砲弾の直撃弾を受け、『那智』の近くにいた第七駆逐隊第一小隊麾下の駆逐艦『潮』がマストと煙突を吹き飛ばされて、たちまちのうちに炎上した。

ガンッ！

ガンッ！

日本艦隊も後部主砲で応戦する。

しかし、数からすればわずかだ。

高木は唇を真一文字に結んで必死の形相《ぎょうそう》だったが、サヌール上陸部隊の悲劇は敵の砲撃ばかりではなかったのである。

追い打ちをかけるように、

「右舷に魚雷！」

と、第四水雷戦隊旗艦軽巡『那珂』の見張員が絶叫したのだ。

「取り舵、いっぱ～い！」

『那珂』艦長がすぐに反応して声を絞る。

ところが、

「か、艦長ーっ！　『江風』がこっちに向かってきます！」

と、この上ないほどの悲痛を込めた声が上がったのだ。

「な、なんだと！」

『江風』のほうも、敵の放った魚雷を避けるために『那珂』とは反対の面舵を切っていたのだ。

「ぶ、ぶつかります、艦長！」

「面舵だ、面舵を切れ！」

『那珂』艦長の悲鳴にも似た声が弾ける。

しかし軍艦は、車のように急ハンドルは切れないのだ。

グワァン！

『江風』の艦首が『那珂』の舷側にめり込み、艦首がひん曲がった。

それだけではない。惰性でそのまま『江風』の艦首が『那珂』の舷側をガリガリと引き裂いて行く。

ようやく止まったのは、『那珂』の舷側中央付近までを引き裂いてからだった。

もはや『那珂』と『江風』の両艦が軍艦としての働きができないことは、明らかだった。

日本艦隊の悲劇を照りかざすように、闇色の天空は日本艦隊艦艇群の炎上で紅に染まってゆく。

時折りくぐもった爆発音が起こるのは、敵の攻撃によるものではなく、傷ついた味方艦の燃料や爆弾の誘爆だろう。

重油の焦《こ》げる臭いと黒煙が『那智』の艦橋に忍び込み、幕僚たちは激しくむせた。いくらタオルで口を覆っても、刺激の強い煙は容赦なく兵たちを苦しめる。

高木の目が、炎上あるいは爆発する艦艇たちを滑るように見てゆく。怒りの上に慚愧《ざんき》の想いが、じんわりとたれ込めてくるのを高木は感じた。

背後からの敵の攻撃は十数分で終わり、これまた速やかに撤退してゆく。

「追撃しますか！」

怒りと刺激臭のある煙で充血した目をギラギラさせた参謀長が、聞いてきた。

一瞬そうしようとして、高木は思いとどまった。

艦橋の窓から見えるだけでも、自艦隊の被害は相当に大きい。まともに戦える艦艇がどのくらいいるのか、それさえもわからない。

また、敵の鮮やかな逃げっぷりは、仕掛けた罠のような気もしている。待ち伏せかもしれない。なおも罠に引っかかれば、被害はいっそう拡大するだけである。

「とにかく被害を調べるのが先だ。もちろん警戒は緩めるな。逃げると見せかけて、戻ってくるかもしれぬからな」

しかし、高木の不安は杞憂《きゆう》に終わる。

ＡＢＤＡ艦隊は、ほぼすべての砲弾、銃弾、魚雷をすでに使い切っていたため、罠をかけたり戻って再攻撃するような余裕はなかったのだ。

夜戦のため詳細な戦果はわからないが、ドールマン提督とアメリカとオーストラリア海軍を指揮した『ヒューストン』艦長ルックス大佐は、かなりの手応えを感じていた。

「サーブ・ユー・ライト（ざまあみろ）、ジャップ」

ドールマン提督は覚え立ての英語を使い、久方ぶりに会心の笑みを浮かべた。

〈バリ島沖夜戦〉と呼ばれることになるこの夜戦で、サヌール上陸部隊は、撃沈が軽巡『神通』と駆逐艦『潮』『山風』『時津風』『朝雲』の計五隻、大破が軽巡『那珂』と駆逐艦『漣』『江風』の三隻、中破が駆逐艦『初風』、小破が重巡『羽黒』と駆逐艦『村雨』『五月雨』の三隻と、今度の戦いにおいて最悪、最大とも言える惨敗を喫したのであった。

〈バリ島沖夜戦〉のこの結果は、日本海軍に〈バリ島攻略作戦〉の見直しを迫った。

サヌール上陸部隊に参加した第五戦隊、第二水雷戦隊、第四水雷戦隊は、本来陸軍ジャワ島攻略部隊の護衛部隊として派遣されてきていたのである。

その護衛部隊が壊滅的な打撃を受けたのだ。当初の予定をそのまま実行するのは、難しかった。

強硬派と言われる陸軍の一部からは、もう一派の護衛部隊（作戦は二手で攻略を目指す予定で、護衛部隊はもう一部隊準備されていた）と、サヌール上陸部隊の残った戦力で実行しようという意見もあったが、戦力不足で危険過ぎると却下された。

日本海軍軍令部は、急ぎ救援部隊を送る旨《むね》を連絡してきたが、作戦の一週間程度の遅延は確実であろうと推測された。

『2』

広島湾にある小島、柱島《はしらじま》の周辺の海域を「柱島泊地」という。

呉軍港は、狭いために大型の艦艇が投錨するには不便であり、ここに投錨することが多い。

呉に上陸したい大型艦の乗組員たちは、ここで内火艇やカッターに乗り換えて上陸するのである。

近くには海軍兵学校のある江田島《えたじま》があった。

また、柱島泊地には旗艦ブイというのがあり、連合艦隊旗艦戦艦『長門』はこのブイに係留されていた。

ブイには電話ケーブルが通じていて、『長門』から東京の海軍省や軍令部とも直接連絡することができた。

『長門』の長官室で、連合艦隊司令長官山本五十六大将は渋面《じゅうめん》を作っていた。

軍令部は盛んにサヌール上陸部隊の指揮官高木武雄中将の更迭《こうてつ》や降格を言ってきているが、山本はその気になれない。

高木は子供の頃から神童の誉れが高く、頭脳明晰な男で、海兵同期中では最年少で少尉任官しているほどであった。

そういう男にありがちなちょっと人を見下した面があり、考え方がやや大時代的傾向があって、彼を好く者と嫌う者ははっきりと分かれていたが、山本はその中間にある。

人間は誰だって長所と短所を持っている。短所が長所をはるかに上回っているような人間ではどうしようもないが、高木の場合、その頭脳はやはり捨てがたいものだと、山本は考えていたのだ。

むろん今回の失策の責任を取らせる必要はあるが、更迭や降格までの必要はないと思っている。いや逆に、高木ぐらい能力のある男なら、この失策をバネにして次はいい仕事をするはずだと、山本は信じていた。

山本は電話を引き寄せると、ダイヤルを回した。

「こちら、軍令部……」

「山本だが、やはり高木君は切らない」

相手に言葉を続けさせず、山本は言った。

「しかし……」

「こっちのことは俺に任せてくれ。もしものときは俺が責任を取る。以上だ」

最後まで相手に言わせず、山本は電話を切った。

山本の脳裏に、『大和』超武装艦隊司令長官竜胆啓太中将の顔が浮かんだ。

竜胆もまた頭脳明晰で、先を見る目もあり同時に合理的な思考もできるという優秀な人間だったが、過去において大きな失策をしでかした男であった。

竜胆が中佐時代、部下をかばって時の陸軍大将を殴りつけたのだ。

この事件はさすがに山本や彼の尊敬する米内光政でもかばいきれず、降格こそ免れたものの竜胆は地方に左遷された。

慰める山本に、竜胆は豪快に笑って答えた。

「気にしていませんよ、山本さん。まあ結局、今の海軍には、俺のような男は必要ないんでしょうね。それはそれでいいですよ。出世はせんでもいいと言い切るほど君子じゃありませんが、出世出世と喚《わめ》くほど亡者でもありませんから。しばらく地方でおとなしくしていますわ」

しかし竜胆は、その地でも決しておとなしくしていたわけではなく、それなりの武勇伝が耳に入ってきて山本を苦笑させた。

だが、陸軍大臣を殴ったときもそうだが、ちゃんと子細を見れば、非は常に相手方にあった。

『大和』超武装艦隊という、世界の海軍史上でも未曾有《みぞう》と言っていいほどの異端の艦隊を思いついたとき、それを任せられるのは竜胆しかいないと山本は思った。

山本の話に、竜胆は一発で乗ってきた。

あまりにほうって置かれたために、竜胆は、地方で骨を埋めるしかないと覚悟はしたらしいのだが、物足りない気持ちもあったのだろう。

「しかし、竜胆。しばらくは表舞台には出られんかもしれんぞ」

「そんなことは、どうでもいいんです。お任せいただける仕事は、相当におもしろそうじゃありませんか。それで十分です」

「わかった。頼むぞ。その代わりというのもなんだが、中将になってもらう。少将では艦隊の指揮官はできん決まりだからな」

竜胆が軽く頭を下げた。

陸軍大臣を殴ったときの降格はなかったが、緩やかに竜胆の昇進が遅れたのも事実だった。普通ならば、もう中将に昇進していてもおかしくなかった。

そして、開戦。

竜胆はいい仕事をしていると、山本は満足していた。

しかし、今どこに竜胆と『大和』超武装艦隊がいるのか、山本も詳細は知らない。無線封鎖もあるからだが、なるべく長く『大和』と艦隊の存在を秘匿しておきたいため、連絡を密に取っていないのである。

山本が知っているのは、次に竜胆らが何をするかだけだ。

もちろんそれは山本が命じたもので、山本からはできる限りの情報を送ってはあるが、竜胆がその情報をどう使い、どのような作戦をとるのかは知らない。すべて竜胆と彼の幕僚たちに任せてある。

そこまで山本は、竜胆と『大和』超武装艦隊を信じていた。

いや、そこまで信頼できる人物だからこそ、『大和』超武装艦隊というまったく正攻法とはかけ離れた艦隊を任せることができたのだ。

ドアがノックされ、連合艦隊参謀長の宇垣纏少将が入ってきた。

「高木は今のままだ。参謀長も承知しておいてくれ」

「はい」

表情を変えず、宇垣がうなずいた。

表情を変えないということは感情を見せないということであるが、近頃やっと山本は、変わらない宇垣の表情からどうにか感情を読めるようになってきた。

だから宇垣が、山本の判断を承伏していないことを、山本は知った。

だが、あえて宇垣には確かめない。聞いてもどうせ正直に答えるはずはないからだ。

（宇垣こそ、更迭かな）

山本はふと、思う。

使いにくいと言えば、これほど使いにくい参謀長もいない。

しかしすぐに山本は、腹の中で首を振った。

山本は、自分が独断専行な人間だとは思っていないが、走り出すとブレーキを踏むのが遅くなることは自覚していた。

そんな自分の周りに、イエスマンは置けない。ブレーキではなく、アクセルになりかねないからだ。

その点で、宇垣は、山本に必要な存在だった。

宇垣はまともに「ノー」とは言わないが、決して声高《こわだか》に「イエス」とも言わなかったからだ。

（あまり好きにはなれんブレーキだが、ブレーキのない車に乗るよりはいいだろう）

「どうかされましたか」

黙ったままの山本に、宇垣がまた表情を変えずに聞いた。

「すまん。話はそれだけだ。あ、いや、午後に鎮守府に行きたいので、その連絡を頼む」

「承知しました」

宇垣が頭を下げ、出て行った。

山本が、小さく息を吐く。

『3』

先ほどまで降っていたスコールが、まるでシャワー栓を捻《ひね》ったようにピタリとやんだ。

天空を駆る灰色の雲は、早足だ。雲が抜けると、目を射るほどに青い空があった。

甲板を吹き抜ける風は少し強いが、顔をのぞかせた日光があるため、体をさらすと心地よい。

海面を滑るように航走する『大和』超武装艦隊囮《おとり》戦隊旗艦軽巡『大化《たいか》』の艦橋にも、南国の太陽が強く差し込んでいた。

艦橋の窓から双眼鏡で外を見ているのは、囮戦隊司令篠田一正《かずまさ》少将で、篠田の横には先任参謀小川寛二《かんじ》少佐がたたずんでいた。

「よし」

うなずいて双眼鏡を外すと、

「先任参謀。茶でも飲もう」

　言いながら篠田司令が椅子に座ると、小川がその前に腰を下ろした。すぐに従兵が番茶の入った茶碗を二人の前に置く。

「『応和《おうわ》』のエンジンの様子だが、大丈夫だったのかね？」

「昨日の修理で問題はないそうです」

『応和』とは、『大和』超武装艦隊囮戦隊麾下の駆逐艦である。白雉型《しろきじがた》という新しいクラスの駆逐艦で、囮戦隊にはネームシップの『白雉』を含めて、同型艦四隻の駆逐艦が配備されていた。

「そうか」

　篠田がホッとしたようにうなずいた。

「俺たち囮戦隊にとって、ある意味で速力は命みたいなものだからな」

「はい。主隊が近くにいる作戦の場合は掩護も期待できますが、何百カイリも離れますと、いかにこの軽巡『大化』が重巡並の兵装を持っていると言っても、やはり心許《こころもと》ないですからね」

　小川が言った。

　旗艦軽巡『大化』は、『大和』超武装艦隊に初めて配属されたこれも新しいクラスの軽巡で、基準排水量六七八二トン、全長一八一メートルに強力なエンジンを備え、最大速力四五ノットである。

自慢の兵装は、一五・二センチ連装砲二基四門、七・六センチ連装対空砲四基八門、二五ミリ連装対空機銃二〇基四〇挺、同単装機銃三〇挺、爆雷二四発。

その他にもカタパルト発進の水上偵察機二機を搭載しており、確かに小川の言う通り、他の日本艦隊の重巡クラスにも匹敵する重兵装であった。

ちなみに、二番艦である『元亀《げんき》』が主隊に配属されている。

囮戦隊にはこれらの他に九隻の輸送船が配備されているが、輸送船然とした外装の下には対空機銃や新型噴進砲が隠されており、いざというときはかなりの抵抗ができるものの、それはあくまで緊急事態を想定したもので、篠田が言った通り、囮戦隊の一番の武器は逃げ足の早さというのが本当のところだった。

「しかし、最初はびっくりしたぜ。山本長官に、逃げ専門の戦隊の指揮官をやれと言われたんだからな」

篠田が苦笑を浮かべる。

「私も同じですよ。正直に言うと、それだけは勘弁してくださいと答えてしまったんですが……」

「俺もそうだ。いや、軍人としては当然の答えだと思う。そうしたら長官が『逃げが戦いなんだ』とおっしゃる。『戦いを放棄して逃げるんじゃない。逃げることが戦いなんだ』ってね」

小川が大きくうなずいたのは、おそらく山本に同じような言葉を聞かされたのだろう。

「その後いろいろ説得されてな。結局引き受ける羽目《はめ》になったんだが、本心を言えば貧乏くじを引かされたという気持ちだったな。先般の作戦がああして図に当たり、竜胆長官にまでお褒めいただくと、まあこれはこれでいいのかなって気分になったが」

「そうですね。それに、囮という任務は危険だと言えば相当に危険ですよ。それを全《まっと》うすることは、任務として意味があると最近は思っています」

「うん。そういうことだな。とにかく、逃げて逃げて、逃げてやる。その代わりいざというときは、輸送船団の護衛などと侮ってかかってくる敵を、必ず仕留めてやるぜ」

「そうなったほうがいいような口ぶりですね、司令」

小川がからかうように言う。

「ふふっ。ばれたか。なにしろ軍人だからな。たまには戦いたいじゃないか」

「それがいいことなのかどうか、考えてしまいますね。なぜなら、それは作戦が失敗したときでしょうから」

「ああ、まあ、そういうことになるかな」

今気づいたように、篠田が首を曲げる。

「しかし、そのときは戦いましょう、司令。窮鼠《きゅうそ》猫を噛む、じゃありませんよ。私たちには、ネズミどころか闘犬ぐらいの力はあるんですからね」

篠田を戒《いさ》める形から、いつの間にか小川も戦う軍人に変身している。

二人とも本当は、根っからの軍人なのだ。

だからこそ山本は、二人にこの任務を与えたのだろう。小心者に、勇気ある逃げなどできるはずはない。山本の人を見る目は確かだ。

ただし、今回の作戦では、囮戦隊はお役ご免であった。囮戦隊は多くの場合、敵が機動艦隊であるときにこそ有効に機能するからだ。

今回の作戦の獲物であるＡＢＤＡ艦隊は、機動艦隊ではなかった。

「司令。無線封鎖中だというのに、主隊が無線を飛ばしました」

通信員が驚いた表情で言った。

当然だろう。無線を飛ばせば、自分の位置を敵に知られてしまう可能性が高くなるのだ。

だが、篠田と小川が顔を見合わせて苦笑したので、通信員は首を傾《かし》げた。

「まったく、竜胆長官という人は大胆だな」

「信長か秀吉ですね。絶対に家康じゃない」

「鳴かぬなら鳴くまで待とう、という人じゃないってことだな」

「ええ。鳴かぬなら鳴かせてみようか、殺してしまえかは、この後わかるでしょうがね」

再度二人がにやりと笑った。


「参謀長。敵の偵察機らしき機影を、電波警戒機（見張り・探索用レーダー）がとらえました。おそらくは、敵巡洋艦搭載の水上偵察機だと思われます」

「かかりましたね、長官」

『大和』超武装艦隊参謀長仙石隆太郎大佐が、薄く笑う。

「そういうことだな。これで敵はこちらに接近してくる。そうなればこちらも敵を発見しやすくなるからね。もっとも、機動部隊が相手では使えない手だけどよ」

そう言う『大和』超武装艦隊司令長官竜胆啓太中将の顔には、一点のてらいもない。

すでに記したが、艦隊決戦では無線封鎖が鉄則だ。

だから、「無線封鎖を解いて、敵をおびき寄せよう」と作戦会議の席で竜胆が言ったとき、さすがの仙石も大きく目を見開いた。

「ほ、本気ですか、長官！」

「俺が本気に見えんか」

切り返されて、仙石は詰まった。確かに竜胆の瞳には、冗談を言っているような色はない。

「これは奇策じゃないよ、参謀長。正攻法だ。ただしＡＢＤＡ艦隊に対してならば、だがな」

「は、はあ」

「敵に航空戦力はない。ならば彼らはどうやって戦う？」

「先日の夜戦のように、艦砲決戦でしょうね」

「その通りだよ。だが、こっちには飛行機があるんだ。艦砲決戦なんぞする必要はない。敵に発見されたとしても、艦砲決戦に必要な距離になる前にこちらが敵を発見できればいい。そうだろ」

「確かに……」

仙石は竜胆の作戦が、少し見えた気がした。

「しかも、急いでいるんだよ、陸軍は。となると、ちんたらと敵さんを探しているわけにはいかない」

「ああ、そうか。だからおびき寄せるんですね」

「敵との距離が遠ければ遠いほど、索敵の範囲は広くなる。しかし近づいてくれればその範囲は狭まり、発見しやすくなるだろう」

（確かにそれはそうだろう。だが、なんという大胆な策だ）

と、仙石は思う。

「みんなは、どうだ？」

竜胆が参謀たちを見回した。

誰も声を出さない。

「じゃあ、反対はないな。やるよ、参謀長。ただし準備は十分にする。以上だ」

これで作戦会議は終わった。

そして今、敵に発見されたのだ。ここまでは竜胆の読み通りである。

「しかし、長官。こんなに働く電波警戒機を、なぜ今まで使わなかったんですかね」

「使ったことはあるみたいだが、使い物にならんと取り外されたらしい」

「なるほど」

「なら、やめだと、海軍の上のほうで電波兵器研究開発部門を縮小しちまったのさ。縮小されちまったところで開発されるものに、いいものがあるわけはない。それでまた、使われない」

「まさに悪循環ですね」

「そういうこった。しかし、研究し続けた者たちがいる」

「超技術開発局……」

「研究自体は、研究所の頃からだそうだ」

「あの人たちは違いますからね。研究開発に対する態度や気持ちなどが、普通の技術者とはまったく違う」

「あそこの連中は、出世なんぞというものをはじめから考えていない。名誉に固執する者も、いない。あの技術者たちが求めているのは、優秀な兵器、武器、技術だ。だから、『こんなもんは使いものにならん』と言われれば『どこが使いものにならないか』を考える。『どうすれば使いものになるか』を研究する」

「だからすごいものが生まれる、ということですね」

「しかし、これでもまだ不十分らしい。彼らにとってはね」

「確かイギリスやドイツでも同じようなものが使われていると、聞いたことがありますが」

「お国柄らしい」

「？」

「欧州は、イギリスを除いて陸続きだ。国と国の距離が非常に近い。そうなると敵を発見することの重要性が、俺たち以上に切迫している。先に発見できれば、迎撃態勢にすぐ入れるということだ」

「納得です」

「ただし、全部、聞いた話だ」

「でも、私なんかよりよほど勉強されています。私も頑張らないと」

「そうしてくれ。本音を言ってしまうと、勉強はあまり得意なほうじゃない。海兵でも海大でも、成績は尻から数えたほうが早い。だからこれからは勉強とか調べごとの部門は参謀長に任せるから、必要なことがあったら話してくれ」

「承知しました」

（だが、軍人は成績じゃないでしょう。たとえばあの高木中将は、海兵でも海大で

も成績優秀だったそうですが、それ自体がそのまま実戦での優秀さには結びついていない）

と、仙石は腹で思った。

もちろん、高木を貶《おとし》めようという気持ちがあったわけではない。

適材適所。

仙石は、そう考えただけである。

『大和』超武装艦隊を発見した偵察機の所属は、ＡＢＤＡ艦隊旗艦軽巡『デ・ロイテル』だった。

「空母三隻、巡洋艦三隻、駆逐艦が八ないし九隻か……艦隊としての規模はさほどではないようだが、巨大なる空母あり、か。これが気になると言えば……言えるな」

ＡＢＤＡ艦隊指揮官カレル・Ｗ・Ｆ・Ｍ・ドールマン少将が、目を細めた。

ドールマン提督という人物は、思慮深く慎重なタイプの人間だ。拙速な行動をしないどころか、極端に嫌う。

そんなところが、彼の上司である連合国海軍司令官コンラッド・Ｅ・Ｌ・ヘルフリッヒ中将などから見ると、優柔不断で消極的な小心者に見えるようである。数日前にも、二人の間には諍《いさか》いがあった。

先日の勝利の勢いに乗って、サヌールを一気に奪還すべきである、というのがヘルフリッツヒ司令官の考えだ。

ドールマンは首を横に振る。

「サヌールの先にあるデンパサール飛行場は、残念ながら日本軍に占領されてしまったようです。しかも、それを維持するために、日本軍はこれからもデンパサールに対して補給を行なうでしょう。我々の仕事はそれを阻止することです。

それ以上のことをするには、現在の戦力では非常に難しく、勢いだけで日本軍に攻撃を仕掛ければかえって墓穴を掘りかねません」

「まだそんなことを言っているのか、君は。まったく君には勝機を見切る力がない。そんなことだから、いつまで経っても君は三流提督のままなんだ。いいかね、名将とは勝機を逃がさず、それをつかめる者を言う。アレキサンダー大王しかり、ナポレオンしかりだ。彼らは周囲の反対を押し切り、世界を手中にしたんだ。

むろん君に世界史に残る英雄になれと言っているわけではないし、なれもしないだろうが、彼らの気概ぐらいは学んでほしいものだね」

ヘルフリッツヒ司令官は、嫌みたっぷりにドールマンを責めた。

ドールマンは黙った。

ヘルフリッッヒ司令官に対しては、言いたいことは山ほどある。だが、言っても無駄だろうとドールマンは思っていた。それどころか、下手をすれば、弁明だとか、弱気な発言と取られかねないだろう。ヘルフリッヒという男には、そういう意地悪なところがあった。

ドールマンの沈黙に苛立ったヘルフリッヒは、「勝手にしろ」と怒鳴って、ドールマンを執務室から追い出した。

嫌な想いがよみがえり、ドールマンは小さくため息を吐いた。同時に、今の状況をどうすべきかという迷いも戻ってくる。

ここで攻撃を仕掛けなければ、ヘルフリッヒは間違いなく自分を無能な提督として本国に報告するだろう。

ヘルフリッヒにどう思われようとそれはどうでもいいが、彼がドールマンの未来を握っていることも事実なのだ。これまでにもずいぶんと悪い報告を送られており、本国には自分の更迭の話があるらしいと友人が手紙で教えてくれていた。

ドールマンは、悲しそうに司令部員たちを見た。確実にこの中の何人かは、ヘルフリッヒに通じている。そうでなければ、自分の『デ・ロイテル』内の行動をヘルフリッヒがあれほど正確に知っているはずはなかった。

「艦長。針路を敵艦隊に向けたまえ」

ドールマンが、まだ迷いを残したまま命じた。


「発見しました、長官。ＡＢＤＡ艦隊の分隊で、オランダ海軍のデ・ロイテル級軽巡と思われる艦がおるようです」

「となると、敵はドールマンか」

竜胆長官が、つぶやく。

「凡将との評価がありますが、先日の夜戦を指揮したのがドールマンだとしたら、評価は少し辛すぎますよね」

仙石参謀長が言った。

「他人の評価などというものは、だいたいそんなものさ。だから評価など気にしていては任務は果たせない」

「敵は幾万有りとても、ですか」

「それも状況次第さ、参謀長。だが今は押すときだ。攻撃隊を出撃させろ！」

『デ・ロイテル』の偵察機の情報は、アメリカとオーストラリアからなるＡＢＤＡ艦隊分隊を率いているアメリカ海軍所属の重巡『ヒューストン』の艦長アルバート・Ｈ・ルックス大佐にも伝わっていた。

アメリカ太平洋艦隊のハルゼー中将が「ブル」なら、ルックス大佐は「リトル・ブル」と呼ばれるほどの勇猛な男である。

若いだけに、ハルゼーほどの度量や知略、作戦に対する見識などはまだ不足していたが、部下からは信頼される男だった。

「タックス。行くぞ」

ルックスは副長に言って、敵艦隊がいる海域に進撃した。

当時の日本海軍の主力艦上攻撃機である九七式艦攻は、一九三七（昭和一二）年に制式採用された傑作機である。

それまでの複葉、固定脚だった艦攻から、低翼、単葉、引込脚という世界水準に一気に並んだ革新的な艦上攻撃機であった。

爆装の場合は、八〇〇キロ爆弾一個か六〇キロ爆弾を六個、雷装の場合は魚雷一個を搭載できた。

最大速度は三七〇キロと物足りないが、強力なエンジンがまだ開発されていない日本にとってはしかたのないことであろう。

海軍は後継機の開発にすでに入っていたものの、今回の開戦には間に合わず、この時点で九七式艦攻はまだ主役の座を降りていない。

九七式艦攻の腹に搭載された九一式航空魚雷が、コンという音とともに腹から離れ、海中に没した。

すぐに白い気泡の雷跡を残し、海水を叩き裂くようにして魚雷は敵艦に向かった。

ドドド――――――ン！

艦尾に魚雷攻撃を受けたオランダ海軍の軽巡『ジャワ』が、スクリューの一つを破壊されてガクンと速力が落ちた。

スクリュー破壊という致命的な被害を受けた『ジャワ』の甲板に、今度は九九式艦爆の二五〇キロ爆弾が突き刺さる。

ズガァーンッ！

ズガァ――――ンッ！

真っ赤な炎柱と白煙、絶叫と悲鳴、そして恐怖と絶望――『ジャワ』の甲板は、地獄の魔王が舞い降りたごとくの様相になる。

しかし、本当の地獄は二発目の魚雷から始まった。

激しい攻撃を受けて左に軽く傾いていた『ジャワ』は、この二発目の魚雷で瞬時にして乗員もろとも海中に没したのである。

『ジャワ』撃沈の報に、ドールマン提督はむろん衝撃と悲憤を感じた。

しかし、心のどこかにこれを推測していた自分も同時にいたのである。

航空戦に対してオランダ海軍は、おそらく連合国軍の中で一番対応が遅れているであろう。

航空戦力を持つための経済力が不足していることもあるが、依然として艦砲戦にこだわる軍人が多いことのほうが主因だった。

ドールマンはどうかと言えば、中庸《ちゅうよう》よりも、やや航空派に傾いていた。

だから、航空戦力の無い自艦隊が、空母を持つ機動艦隊と戦えば、どのような結果になるかの推測はあった。

グワァ――――ンッ！

激しい衝撃で、ドールマンは宙を飛んで艦橋の壁に叩きつけられた。

「大丈夫ですか、提督！」

『デ・ロイテル』の艦長が、床にうずくまるドールマンに走り寄った。

「大丈夫だ。ありがとう。それより被害箇所は？」

「クレーン付近です」

「そうか」

ドールマンが外を見ると、海に着水した水上偵察機を引き揚げるためのクレーンが崩れ落ちていた。

（これでは偵察機を救えないな）

そう思ってから、ドールマンは自分自身に呆《あき》れた。今は生死の局面にいるのである。考えなければいけないことがもっと他にあるはずなのだ。

「くそっ。知らないうちに動転していたのかもしれない」

ドールマンは気を取り直すように、腹に力を込めた。


「長官。索敵機がＡＢＤＡ艦隊の別の分隊を発見しました」

「やはりいたか」

竜胆長官が、してやったりの表情を浮かべた。

「アメリカ部隊ですね」

敵艦隊の編成を聞いた仙石参謀長の顔にも、満足げな色がある。

「よし。予定通り残り航空機をつぎ込め。ＡＢＤＡ艦隊に引導を渡してやるんだ」

超弩級《どきゆう》戦空母『大和』の飛行甲板の全長は、三〇五メートルある。史上最大であることは言うまでもないが、その大きさを利用して画期的な運用方法が実行されていた。

それは、前方甲板で発艦をし、後方甲板で同時に着艦させるというものだ。

そのために、後方甲板は中心より斜めに張り出されている。着艦のコースを斜めに取ることで、着艦機が着艦に失敗しても、前方にいる発艦機と衝突することはない。

後年の大型空母では、ほとんどがこのタイプの飛行甲板となる。

だが、飛行甲板の工夫だけでは、発艦と着艦を同時に行なうことはまだ難しい。三〇五メートルの長さはあっても、同時に使うとなると、発艦のために必要な揚力を得るほどの距離を確保できないのだ。

そのために『大和』には、発艦の補助装置である強力なカタパルトが装備されていた。

カタパルトとは、もともと古代の投石機のことで、それから転じて航空機の射出機の名称となった。

登場自体は第一次大戦の頃だ。

航空機を乗せた台車を圧搾空気や火薬などを使って移動させ、揚力を増加させる装置である。

戦艦や巡洋艦など飛行甲板の無い艦が、水上偵察機を発進させるための、火薬を動力としたカタパルトは日本海軍でも採用していた。

だが、この手のカタパルトには大きな欠点があった。動力が火薬なので、危険が大きいのである。

カタパルトのパワーは、当然大きいほうがいい。しかしそうなると、パワーの源である火薬の量を増やす必要がある。

しかし、火薬の量を増やせば増やすほど、もしものときの被害も比例して大きくなるのだ。

要するに、火薬を動力にすると、パワーに限界があるというわけだ。

そこで超技術開発局の技術陣は、機関から得られる蒸気に目をつけた。

そして完成させたのが、蒸気を動力としたカタパルトである。

これによって『大和』は、重量の重い艦攻でもやすやすと短距離で発艦させることができるのである。

その前方飛行甲板に、『大和』飛行隊分隊長で艦戦部隊を指揮する市江田一樹中尉が、愛機とともにいた。

敵ABDA艦隊が二つに分かれているために、この日の『大和』飛行隊も二つに分かれており、市江田は二番目の部隊を任されている。

しかし、一つめの艦隊の発見は確認されたが、もう一つの艦隊の発見が遅れたため、これまで市江田は甲板の搭乗員控所でイライラし続けていたのだ。それだけに、市江田の闘志は満ちあふれていた。

グオァ――――――ン。

市江田機を乗せた台車が、飛行甲板を滑走する。

フワリと市江田機が舞い、上昇する。

上空には、艦戦より先に発艦した艦攻部隊と艦爆部隊が待機していた。艦戦全機が発艦するや、航空攻撃部隊は新たなる敵に向かって疾駆した。

軽巡『ジャワ』の撃沈は、ドールマン艦隊崩壊の序章に過ぎなかった。

イギリス海軍の駆逐艦『エレクトラ』『エンカウンター』が相次いで撃沈された

ため、イギリス海軍の指揮官（重巡『エクゼター』艦長）は、ドールマンの命令を無視して撤退に移っていた。

ところが、その離脱がかえって重巡『エクゼター』の運命を決めた。イギリス部隊の孤立行は日本軍の格好の目標となり、集中攻撃を受けて海の藻屑と消えたのである。

これによって、イギリス海軍艦はわずかに傷を負っている駆逐艦『ジュピター』のみとなり、アジアにおけるイギリス海軍の存在は完全に消滅したのであった。

『デ・ロイテル』がこの戦闘で生き残れたのは、ある意味で『エクゼター』のおかげかもしれない。

イギリス艦攻撃によって、『大和』航空攻撃部隊の爆弾と魚雷が尽きていたからである。

その後も『大和』航空攻撃部隊は艦戦を中心に機銃掃射などを行なったが、それも絶え、南の空に消えていった。

生き残ったとはいえ、軽巡『デ・ロイテル』の体は満身創痍《まんしんそうい》だった。

航行するのがやっとの状態では、かなりの長時間、修理ドックで過ごさなければならないだろう。

「だが、私はまだ負けたわけではない」

ドールマンがそうつぶやいたとき、
ドドド────────ン！

『デ・ロイテル』の艦底に炸裂音がした。

「な、なんだ！」

「魚雷です。魚雷を受けました」

敵が去って生き残れたと思っていたときだけに、ドールマンは呆然《ぼうぜん》とした。

「命中です」

『大和』超武装艦隊潜水部隊『丹一号』潜水艦長の福島四郎中佐が、会心の笑みを浮かべて言った。

「よし。土産《みやげ》はできたぞ。帰るか」

潜水部隊司令の三園昭典大佐が、こともなげに言った。

ダダダダダダダダッ！

ガガガガガガッ！

アメリカ海軍重巡『ヒューストン』の対空砲が、憎き日本軍攻撃部隊に向かって憤怒の塊のごとく噴き上げている。

ノーザンプトン級重巡の五番艦である『ヒューストン』の兵装は、二〇・三センチ三連装砲三基九門、一二・七センチ単装高角砲四基四門、四〇ミリ機銃三二挺、二〇ミリ機銃二七挺であった。

しかしその一方で、『ヒューストン』艦長ルックス大佐は迷っていた。

ドールマンと彼の指揮していた艦隊の壊滅は、すでに知っている。

今のルックス艦長には、夜戦成功後にあった自信は霧散していた。

ルックスは、初めて言いようのない恐怖を感じていた。そこには「リトル・ブル」と呼ばれる男の片鱗《へんりん》さえなかった。

撤退すべきではないか。今ならそう多くの戦力を失わずに済む。

わずかに残る「リトル・ブル」のプライドがそれを抑えているのだが、風にさらされる蠟燭《ろうそく》の炎のように危なげだった。

「艦長！　『パース』が被弾して炎上中です」

「くそっ！」

もしここでオーストラリア海軍の軽巡『パース』が撃沈でもすれば、残るのはアメリカ海軍だけで、連合国海軍であるＡＢＤＡ艦隊は名前のみの存在となるのだ。

（そうなっても俺たちがここにいる意味があるのか……本国かハワイに行って、再起を期すべきではないのか……）

指揮官の態度というものは、部下に対して常に大きな影響を与えるものである。

ルックスもそれを知らないはずはない。ところがこのときのルックスは、指揮官が絶対にしてはならないそのミスを自分がしていることに、気づきもしなかった。

「『パース』が総員退去をするので、救援を求めています」

「近場の駆逐艦に連絡しろ」

この瞬間、ルックスの腹は決まった。

「『パース』の救援が完了次第、我が部隊は撤退する」

ルックスのこの言葉に、『ヒューストン』の艦橋に安堵のような混乱のような複雑な空気が落ちた。

しかし、ルックスの判断は遅すぎた。

あるいは、日本海軍の力、その中でも最強の艦隊である『大和』超武装艦隊の力を見誤っていたのかもしれない。

この時点ではもう、『大和』超武装艦隊から撤退することなど不可能だったのである。


炎上し黒煙を上げていた駆逐艦が、ゆっくりと海に飲み込まれていった。

沈没のときに生じる渦が、ゴーッゴーッと不気味な唸りを上げていた。

渦に飲み込まれる黒こげの死体、衣類、日用品、兵器の一部が次々にその姿を消していく。

ゴゴァ――――ン！

燃え上がっていた紅蓮《ぐれん》の炎が火柱に変わり、ギギギギと不気味な音を立てて中央から裂けたのは重巡『ヒューストン』である。

少し離れた海面に、兵を満載したカッターが浮いている。中央にいるのは、焦燥《しょうそう》と疲労でぐったりしている『ヒューストン』艦長ルックス大佐だった。


ゴゴゴッ。

ギギギギ――――――ッ。

『大和』の艦底がゆっくりと開き、『丹一号』潜水艦がゆらゆらと浮上した。

『丹一号』が艦内に飲み込まれると、艦底がゆっくりと閉じた。

ザザザ――――ッ。

特殊ドックの排水が進むにつれ、『丹一号』の姿が現われてきた。

ハッチが開くと、二度目の戦果に余裕の表情を浮かべた三園司令を先頭に、乗組員が出てきた。

故障を抱えて出撃の遅れている『丹二号』の潜水艦長の東義輝《あずまよしてる》中佐が出迎えている。その顔は笑顔だが、口元には悔しさが滲《にじ》んでいるようにも見えた。

口元では、次は俺だぞと言っているのだ。

「長官。『丹一号』の回収が終わりました」

『大和』艦長柊竜一《ひいらぎりゅういち》大佐が、言った。

「よし。艦長、転針するぞ」

ウゴゴゴゴッ。

超武装空母『大和』が、巨軀《きょく》を震わせた。

この〈スラバヤ沖海戦〉によるＡＢＤＡ艦隊の壊滅によって、連合国軍は制海権を喪失したばかりでなく、陸軍兵力も敗走を重ね、日本軍の蘭印攻略は一気に加速度を上げたのであった。

『4』

日本海軍が、ニューブリテン島の北東部にあってオーストラリア軍基地のあるラバウルを占領したのは、一月の下旬だった。

ラバウルから北方七〇〇カイリには、日本海軍の太平洋における最重要拠点であるトラック泊地がある。七〇〇カイリという距離は、三二〇〇キロの航続距離を持つアメリカ陸軍の重爆撃機ボーイングB17『フライング・フォートレス』ならば、悠々と飛来してきて攻撃が可能である。

トラックを失えば、日本海軍の作戦行動は基本のところから崩壊するおそれがあり、日本海軍にとってラバウルは、その生命線を維持するために絶対に奪わねばならない要衝だったのである。

攻略そのものはあっけなく行なわれ、日本軍はそこに基地航空部隊の設営を始めた。

奪われてその重要性に気づいたアメリカ・オーストラリア連合軍は、あわててラバウルの攻撃を開始した。

アメリカ軍の攻撃は陸軍が主体だったが、日本軍の進撃が早いために軍備増強が追いつかず、苦戦を強《し》いられていた。

また、イギリス軍の旧型武器しか供与されていないオーストラリア空軍は、優秀な日本海軍攻撃部隊を前に、まったくと言っていいほど抵抗できなかった。

アメリカ太平洋艦隊任務部隊が、この戦いに参入してきたのは二月の中旬だった。

ウィリアム・F・ハルゼー中将が率いる、第9任務部隊である。

しかし、空母『エンタープライズ』を旗艦とし、空母『レキシントン』、重巡『ニュー・オリンズ』『ミネアポリス』『ノーザンプトン』『ビンセンス』『ペンサコラ』、軽巡『アトランタ』、それに駆逐艦一一隻によって新編成されたばかりの第9任務部隊の作戦は成功したとは言い難《がた》かった。

理由はいくつかあるのだが、太平洋艦隊任務部隊が活躍すると、現地の陸軍とこの地域の海軍（アメリカ海軍とオーストラリア海軍の連合海軍）を指揮する南太平洋軍指揮官ロバート・ゴームレー中将の面目が潰れるということで、陸軍と南太平洋軍が、任務部隊への情報協力を惜しんだからである。

また、ラバウルに進出していた日本海軍航空基地部隊の力がハルゼーの予測より強力であったことも、第9任務部隊が思ったような結果を出せなかったもう一つの理由だった。

一度目の挑戦で目的を達成できなかったハルゼー中将は、日本軍に対するよりも、内なる敵である陸軍と南太平洋軍指揮官ゴームレー中将に大きな怒りを感じた。

だが、ハルゼーはまだ知らない。

ゴームレーをはるかに上回る力を持った難敵が、彼の前に登場することを——。

難敵の名は、ダグラス・マッカーサー陸軍大将。

ハルゼーの戦いにおいて、最強の内なる敵、マッカーサー。彼はまだ、日本軍が攻めあぐんでいるフィリピンにいた。

太平洋戦争は今、新しい局面を迎えようとしているのであった。

日本にとっても、アメリカにとっても……そして、全世界にとってもである。

第五章　東京空襲

『1』

ドイツ領南洋諸島が日本の委任統治領になったのは、第一次世界大戦後の一九二〇（大正九）年一二月のことである。第一次世界大戦の功労賞のようなものであった。

しかし、国際連盟の決議ではこの統治領に軍備は認められておられず、日本軍が考えていた基地建設計画は頓挫した。

それが動き始めたのは、一九三三（昭和八）年三月の国際連盟脱退と、翌々一九三五（昭和一〇）年にワシントン条約を破棄してからである。

日本軍は、着々と南洋諸島に基地の整備を始め、今やその中心地と言ってもいいトラック環礁のトラック泊地の設営が本格化したのは、対米戦の動きが真剣みを帯びてきた一九四一（昭和一六）年初頭であった。

トラック環礁は東西約六五キロ、南北約五〇キロというリング状の大環礁である。大環礁の中には大小の島々がちりばめられ、小さなものまで含めれば島の総数はおよそ二五〇もあるという。

日本軍はその島々に次々と軍事設備を設営していったが、同時に慰安施設である料亭や飲食店なども造営し、トラック泊地は内地の軍港のような景観を造りつつあった。

この方面の守護の任にあるのは、第四艦隊である。

トラック泊地には、総して四季島と呼ばれる四つの島があり、「夏島」と名付けられた島に、第四艦隊司令長官井上成美《しげよし》中将の官舎があった。

その官舎を夕刻に訪れたのは、参謀長仙石隆太郎大佐ほか数人の参謀を連れた『大和』超武装艦隊司令長官竜胆啓太中将である。

秘密保持のため、『大和』超武装艦隊はトラック泊地には入港せず、トラック泊地から少し離れた島陰に身を潜めており、竜胆らは艦戦に掩護《えんご》された艦攻に分乗してトラック泊地にやってきたのであった。

地方暮らしの多かった竜胆と、中央にいた井上はそう多く顔を合わせてはいないが、会った回数と仲の良さは比例しない。

会う機会こそ少なかったものの、竜胆と井上は、互いの人となりを会うなりすぐに認め合った。

いかにも軍人というタイプの竜胆と、海軍一の理論屋である井上は、自分の持っていないものを相手が持っており、それが皇国のために必要な資質であると、感じ合ったのである。

「酒好きの貴様がいらんと言うところを見ると、何かねだりに来たな」

井上がからかうように言った。

「ねだりに来たのは事実だが、飲まないのはそれだけではない。井上。お前、今、俺が何をしてるか知ってるよな」

苦笑を浮かべながら、竜胆が答えた。

「いや、ほとんど知らんよ。山本閣下の命で動いているとは聞いているがな」

「そうか」

竜胆は少し迷った。井上という男が、秘密にしておいてくれと言えば死ぬまで秘密を背負う人間であることは、よく知っている。

しかし、井上の耳にさえ『大和』超武装艦隊のことが入っていないということは、山本がそれだけ『大和』超武装艦隊に関して箝口令《かんこうれい》を敷いている証《あかし》だった。

「いいんだぞ、竜胆。お前が明かしたくないのならば、明かす必要はない。お前がそうするのは、必要があってすることだろうからな」

「……いや。実はな、お前は知っているつもりでおねだりに来たのだ。知らぬとなると、そのおねだりができん。だから、明かさざるを得ないんだ」

竜胆は、ゆっくりと『大和』超武装艦隊の説明を始めた。


「なるほど。そりゃあ明かし難《にく》い内容だわ」

聞き終えて、井上が同情するように言った。

「だから、艦隊をトラックに連れてこなかった。島陰でトラック泊地での休暇を我慢してくれている部下がいるのに、俺だけ酒など飲んだら申し訳がたたんよ」

竜胆が真面目な顔で言った。

「ふふっ。相変わらずきまじめな奴だな。しかしそれがお前という男の真骨頂であり、部下がお前に深い信頼を寄せる理由だろうな」

井上が、優しい目をした。

「仙石大佐。お前、いい上官を持ったな」

「はい。自分もそう思っております」

仙石が固い声で言った。

仙石は以前から理論家の井上に対して、尊敬の念を持っていた。憧れていた井上の前で緊張していたのである。

竜胆がそれを言うと、

「そいつは光栄だ。しかしな、仙石。参謀長は頭だけじゃ駄目だぜ。正しいと思ったら、上官であろうともはっきり自分の意見を言える胆力も必要だ。たとえ上官が竜胆だとしてもな」

「はい。そう心がけます」

またしても仙石が緊張しながら言うので、竜胆と井上が顔を見合わせて苦笑した。

「なるほど、無許可で物資を補給してくれか……」

「うちの輸送船に運搬させる。できないかな？　なんとか正当な理由があればいいのだが……」

「お前の頼みじゃ断われんし、不正を働くわけでもあるまい。問題はないだろう。

それに、俺から山本閣下に連絡すれば、山本閣下がうまくやってくれるさ」

「すまんな。俺から閣下に直接頼む方法もあるが、下手をすると目立つ。しかしお前というクッションが入れば、それが防げるからな」

「そこまで読んできたか」

「仙石の考えさ」

「ふふっ。そんなところだろうな。作戦の大局を見させたらお前の右に出る者はいないが、細かいところでは意外とボロを出す。そして俺は、反対に細部に拘《こだわ》りすぎて大局を見過ごしにするタイプだ」

「だから、俺たちが組めば百戦百勝……そういう夢をよく語り合ったな」

「俺は今でもそう思っているよ」

井上が、真面目な顔で言う。

「それを、仙石。お前に任せるぞ」

井上が仙石に目を移した。

「承知いたしました」

仙石参謀長が答えた。

翌朝、四隻の輸送船が駆逐艦に守られてトラック泊地に入港し、食料や日常品を積み込むなり風のように去っていった。

この様子に疑問を抱いた者もいないではないが、第四艦隊が発した軍事秘密に関するものだという言葉で納得した。


『2』


「ゴームレー中将の悪い噂は私の耳にも入っているよ。どうにも心の範囲が少し狭い人物のようだね」

パールハーバーに戻ったアメリカ太平洋艦隊第9任務部隊指揮官ウィリアム・F・ハルゼー中将の帰還報告を聞き、司令長官チェスター・W・ニミッツ大将が眉をしかめた。

「長官にお願いするのは筋違いだとは私も思っていますが、あの野郎がいると、これからの任務部隊が動く際にいろいろ妨《さまた》げになることは間違いないと思いますね。ですから、早いところなんとかせんといかん、と思ってるんですがね」

話すことでまた頭に血が上ってきたのか、ハルゼーは顔を朱に染めながらニミッツに迫るように言った。

　ニミッツがコホンと空咳をして答える。

「今すぐにどうにかなるか、残念だが私には保証はできない。しかし、彼の存在は中将の言うように問題のようですね……」

「確実です」

「わかりました。できるだけのことはすると、それはお約束しましょう」

「わかりました、長官。よろしくお願いしますよ」

「はい。それはそれとして、中将。あなたにお願いすることができました」

「私に？」

「おそらくあなたを喜ばせる内容ですよ」

　ニミッツの声の弾み方から、ハルゼーは悪くなさそうな話だと当たりをつけた。

　ニミッツの話を聞き終えると、

「最高ですよ、長官。そいつは最高だ。任せてください。その任務、必ず成功させましょう」

　ハルゼーが、大きく胸を反らせた。

「はい。あなたなら必ずできるはずです」

「東京を空襲するですって！」

ハルゼーの話に、第9任務部隊の参謀長マイルス・ブローニング大佐は、これ以上ないくらいに目を見開いた。

「本気なんですか、長官。その話……」

ハルゼーが、驚くばかりのブローニングをニヤニヤと見て言う。

「ニミッツ長官がそう言いだしたとき、俺もお前と同じような顔をしていたんだろうな」

「そりゃあ、そうですよ。隣の島に爆撃に行くわけではありません。東京なんですよ」

「そりゃあ、簡単だとは思っていないさ。しかしな、同じことをジャップがやったんだぞ。あいつらにできたことが、俺たちには無理だとでもいうのかね」

「それはそうですが……実際問題として、私は成功するようには思えません」

ブローニング参謀長が、きっぱりと言った。

あいつにできたのなら、俺にもできないはずはない。そういう思いは、プライドの高い人間がよく陥《おちい》る錯覚だ。

条件がまったく同じならともかく、そんなことは現実的ではあり得ない。やり合う条件が違っているのが普通だ。できるかどうかなど誰にもわからない。日本軍がハワイを攻めたこととアメリカ軍が東京を空襲することを、あいつにできたことなら俺にもできるなどという、短絡的な考えで実行するならば、成功するはずはない。

ブローニングはそう力説した。

「さすがにマイルスだ。説得力がある。そしてお前の言うことはもっともだ。謝る。俺の言い方が悪かったようだ。この作戦は日本軍のハワイ作戦とはまったくの別物だ。

この作戦を立案したのは、海軍《うち》の作戦参謀フランシス・L・ロー大佐。会ったことはないが、相当に切れる男らしい……」

ハルゼーの説明が続くうち、ブローニング参謀長の表情が変わっていった。

「なるほど」

ブローニングが顎をさすりだしたのを横目で見ながら、ハルゼーが小さく笑った。この癖はブローニングの頭脳が回転を始めた合図なのだ。

「となると、問題は日本軍の警戒網をどうやってくぐるかですね」

ブローニングが呻《うめ》くように言った。

「だから俺たちが必要なんだよ、マイルス。他の人間に日本軍の裏をかくような真似は絶対にできないはずだ。違うか」

「ええ、確かに……成功する可能性があるとするなら、それは私たちだけでしょうね……」

「そうなんだよ。俺たちならできるさ。いや、やらねばならないんだよ、マイルス。日本軍の勢いは止まらない。蘭印を手中にし、ラバウルを奪い、あいつらは着々と我が合衆国の友好国を飲み込んでいる。

かといって、今すぐ日本本国を一気に攻め込む力はさすがのアメリカにもない。だがもしこの作戦が成功するのなら、日本はもとより、合衆国国民は思うはずだ。『アメリカは、いつだって日本を空襲する力を持っているんだ』とな。そうなれば国全体の士気が一気に高揚するはずだ。どうだね、マイルス」

「上がりますよ、間違いなく。この作戦はまさにパールハーバーのリベンジですからね。国中がわき上がるでしょう。

一方、日本にも大きな衝撃を与えるはずですよ。それですぐに日本の勢いが落ちるとは思えませんが、我が国とは逆に、日本国民は恐怖に打ち震えるでしょう」

「……結論は変わったかね、マイルス」

「ええ、変わりました。イエスです、提督。私の結論はイエスです。やりましょう」

ブローニング参謀長の力強い言葉に、ハルゼーは大きくうなずいた。


『3』


日本陸軍は、海軍の主張する南太平洋およびオーストラリア侵攻にはずっと懐疑的であった。実行すれば、戦線が伸びすぎになって補給が相当に困難なことと、戦力が十分ではないと考えていたのである。

よって、南方はニューギニアまででいい。陸軍はそう考えていた。

山本五十六連合艦隊司令長官は、陸軍の弱腰に怒った。

「馬鹿なことを言うな。ニューギニアを取ったところで、常にオーストラリアと南太平洋の脅威を背後に受けたままじゃないか。そんなことで作戦が遂行できると思っているのか！　少なくとも海軍は、常にその脅威にさらされ続けるのだぞ。

オーストラリアを取れとまでは言わん。だが、南方にしっかりとした拠点を築き上げて、南太平洋のアメリカ軍とオーストラリアのイギリス軍に対しての盾《たて》を造る。

それが駄目だというなら、海軍は戦争はやめる」

——海軍は戦争をやめる。

暴論であることは間違いないし、実際には不可能だろう。

要するに、山本の陸軍に対する脅迫だ。

陸軍からすれば、山本の首を切りたい、それが本音だろう。日頃は冷静な東条英機首相がそう怒鳴ったという噂が、まことしやかに流れた。

だが、噂であろうと、それはできないというのが事実だ。

山本に代わる人間がいないのである。

戦のうまい提督、作戦立案に秀でた提督、政治交渉が巧みな提督。

そういう将軍たちなら、今の海軍にもいるにはいる。

しかし、大局を見て人材をぐいぐいと引っ張っていくような智と動を同時に備えた人物は、山本五十六以外には考えられなかった。

そして、事件が起きた。

一九四二（昭和一七）年四月一八日未明、日本本国からおよそ五〇〇マイルの太平洋海域に進出した空母『ホーネット』から、アメリカ陸軍の中型爆撃機ノースアメリカンB25『ミッチエル』一六機が飛び立ったのだ。

海軍の空母に陸軍の爆撃機という未曾有《みぞう》の作戦を立案したのは、海軍の作戦参謀フランシス・L・ロー大佐である。

大佐の計画によれば、空母が日本本土に接近できるのはぎりぎり五〇〇マイルだった。それ以上に近づけば、攻撃の前に発見される可能性が非常に高いのである。

しかし、海軍の攻撃機にはこの作戦を担《にな》える航続距離を持つものはない。それが可能なのは陸軍機だけであった。

ロー大佐は、陸軍に協力を求めた。

どこの国でもそうだが、陸軍と海軍の関係はあまり良くない。アメリカ軍も例外ではなく、陸軍はロー大佐の要請に渋ったが、最終的には陸海軍共同の作戦としてスタートしたのである。

「後はあいつらの腕と運だな、参謀長」

『ホーネット』ら実戦部隊の掩護部隊としてここまで導いてきた第9任務部隊指揮官ハルゼー中将が、緊張の消えない顔で言った。

「そうですね……もはや帰る場所ははるか日本の先なのですから」

ブローニング参謀長が、爆撃部隊の消えた空を見つめながら言った。

爆撃部隊は様々な困難を抱えているが、ブローニングの言ったこともその一つだろう。

発艦させた母艦『ホーネット』も、第9任務部隊の空母『エンタープライズ』『レキシントン』も、今すぐここから転針するため、もし途中で爆撃機に故障があっても後方に帰る場所はなかったのである。

爆撃部隊の着陸予定地は、日本本土のはるか先、中国であった。

「よし、祈ろう。彼らの無事と爆撃の成功を……」

ハルゼーが爆撃機の消えたほうに向かって祈りの言葉を捧げ、司令部員全員がそれにならった。

熾烈とも言える作戦を実行する爆撃部隊の指揮官は、アメリカ陸軍航空部隊第17爆撃連隊のジェームス・H・ドーリットル中佐である。

初めて作戦を聞かされたとき、多くの困難な作戦を成し遂げてきた男にも即答はできなかった。

しかし、引き受ける決心をしたのは、作戦の持つ意味が、国と国民のためになると思えたからである。

母艦を飛び立ってすぐに、爆撃部隊は散開した。

爆撃部隊の爆撃目標地点が、東京、川崎、横須賀、名古屋、四日市、神戸などに分散していたからだ。

離れてゆく部下たちの機を見ながら、ドーリットル中佐には言葉もなかった。この未曾有の作戦の前には、どんな言葉も無力であることをドーリットルは知っていた。


〈ドーリットル空襲〉と名付けられたこの空襲は、被害自体はさほど大きくなかったにもかかわらず、まさに青天の霹靂《へきれき》であった。アメリカ軍が直接日本本土に攻め込んできたことに驚愕《きょうがく》し、恐怖したのである。

「そうか」

連合艦隊旗艦戦艦『長門』の長官室で、読書中に〈ドーリットル空襲〉の報を受けた山本五十六大将は、小さく言ってため息をついた。

山本は、これまでにアメリカ軍の本土攻撃の可能性について、ことあるごとに陸海軍首脳に言ってきた。

〈ハワイ作戦〉を考えた男である。難しいことは事実だろうが、アメリカ軍が仕掛けてくる可能性はあると考えていたのだ。

しかし、山本の不安に同調する者は海軍の中でもそう多くはなかった。陸軍や政治家となるともっと少なく、「アメ公にそんな真似ができるもんか。できたら逆立ちして帝都を一周してやるさ」などと揶揄《やゆ》する陸軍将軍さえいた。

陸軍や政治家など恃《たの》むに足らずと見たのか、山本は海軍首脳の尻を叩いて太平洋の哨戒部隊の増援を実現させた。

「やはり足らなかったのだ……もっともっと警戒を強めるべきだったのだ……」

青天の霹靂などとほざいている陸軍や政治家どもは噴飯もので、山本は相手にする気もない。悔いているのは、自分自身の力のなさだった。

デスクの上の電話が鳴った。相手が予測できたのか、すぐには手を伸ばさなかった。七、八回鳴らせてから、山本は億劫《おっくう》そうに受話器を上げた。

「山本です。ああ、大臣ですか……」

電話の主は山本の予想通り、嶋田繁太郎海相だった。

「東京に出てきてもらうわけにはいかないかな。君と会談したいという人が多くてね。陸軍省の人間とか参謀本部のほうにもいる。むろん、軍令部でもだ。どうだろう」

「今度の空襲のことでしょう」

「あ、ああ、そういうことだ」

山本は腹で、舌打ちした。

(ならば、そっちから出向いてこい)

そう言ってやりたい気持ちもある。連合艦隊司令長官という立場は、決して閑職ではないのだ。やらねばならないことや、考えることが山積している。

だが、山本は口に出さない。現実問題として、入れ替わり立ち替わり人間が訪れてくると、それはそれで多くの時間が奪われるだろうし、自分が上京して一気に問題を解決するほうが、時間のロスは少ないはずだからだ。

開戦を叫ぶ政府首脳に対して、山本は言った。

「二年ならばいろいろと暴れて見せましょう。しかしそれ以上となると、私には自信がない。それまでに戦争の終結に努力してもらえるのなら、戦争反対の旗印は一時降ろしましょう」

帝国にそう多くの時間はないというのが、山本の基本的な考えだ。

『大和』超武装艦隊の創設も、〈真珠湾奇襲作戦〉も、その基本方針の上にあった。

アメリカが戦力を完全なものにする前に徹底的に叩き、アメリカから譲歩を引き出す。

帝国の生きる道は、それしかないと山本は思っていた。その意味で、山本にも帝国の未来にとっても、時間は貴重だったのである。

『4』

最盛期は過ぎたが、アメリカ合衆国首都ワシントンDCはまだ桜の季節だった。日本からポトマック河畔に桜の苗木が送られてきておよそ三〇年が経ち、今やポトマック河畔の桜並木の評判は全米に知れ渡っていた。

桜は日本の国花ではないが、日本人が愛する花の中では一番の人気だと、アメリカ合衆国第三二代大統領フランクリン・デラノ・ルーズベルトは聞いていた。日本人はその散り際《ぎわ》をこよなく愛しているのです、とも。

だがルーズベルトは、桜に対してさほどの感動を覚えたことがない。淡いピンクに物足りなさを感じさえする。

ルーズベルトは、大輪で色の鮮やかなゴージャスな花を好んだ。

ただし、河畔を埋め尽くすほどの桜の勢いには圧倒されたこともある。

感動ではない。一輪一輪では大した力も見せない桜が、満開になることで大きく主張しているような気がしたのだ。

桜は確かに、日本という国を象徴しているのかもしれない。恐怖までは感じなかったが、決して安心できるわけではなかった。

(だから、潰さねばならない。日本という国が満開になる前に)

ルーズベルトが日本との開戦を望んだのには、いくつもの理由や目的があったが、こんな想いも確かにあったのである。

「大統領。海軍のキング作戦部長が見えられましたが……」

マイク・ニューマン大統領補佐官が言った。

「通してくれたまえ」

ニューマンが大統領執務室のドアを開けると、小柄だが全身これ筋肉といった体《たい》軀《く》を持つ軍服姿の男が、肩をそびやかし気味に入って来た。

任官してから間もない、アーネスト・J・キング合衆国艦隊司令長官兼海軍作戦部長である。

前作戦部長の更迭《こうてつ》を決めたルーズベルトだが、後任人事で少しもめた。更迭が急だったので、海軍省は数人いる候補者を一人に絞りきれなかったからだ。

キングもその中の一人だった。軍人としての評価は高かったが、酒好き女好きで、私生活に問題があり、彼個人の評価は低かった。

だがそれゆえに、ルーズベルトはキングに興味を示した。どこか気になる存在と感じたのだ。

「力量は申し分ありませんが、やはり……」

キングについてルーズベルトに聞かれたフランク・ノックス海軍長官は、言葉を濁《にご》した。何かキングがしでかした場合、自分に責任がかかってくることを、ノックス長官は恐れたのだ。

「普通のときならば、作戦部長という役職はすべての面でそつなくこなす、いわゆる秀才と言われる人物が適材だと、私も思う。

しかし、合衆国は今、平時ではない。欧州と太平洋に戦争を抱える非常事態なのだ。そんなときには秀才は不要であろう」

「……それはそうかもしれませんね」

ノックスは大統領の真意を測るように、曖昧《あいまい》な答え方をした。

ルーズベルトは優柔不断なノックスの態度が不満で、軽く鼻を鳴らした。ルーズベルトには、ノックスが責任を回避しようとしているのがわかっていた。

「私はキングで行きたいが、どうかね？」

ルーズベルトが、皮肉っぽい調子で聞く。

「あ、いえ。大統領がそうお考えでしたら、私に異論はありません」

あくまでもノックスは逃げる。

「君も賛成なんだね。キングでいいと」

ルーズベルトが意地悪く、責任回避は許さないぞ、とばかりに聞く。

「あ、ですから……」

「答えはイエスかノーで結構だよ、海軍長官」

ノックスはやっと、大統領が自分に何を求めているか気づいた。となればもう曖昧な応対は難しいと、腹を決めた。如才《じょさい》のなさも、ノックス長官がこの座まで上り詰めた理由の一つだ。

「イエス」

ノックスは、きっぱりと言った。

「ありがとう。これで決まったね」

ルーズベルトが満足そうに言う。

「はい」

ノックスが吹っ切ったように、うなずいた。

任官の経緯を知らされたキングは、すぐにルーズベルトに会った。そしてルーズベルトの信頼を裏切らない、と誓った。

それは事実だった。

キングの打ち出した海軍の修正案は、やや強烈すぎて海軍内に不協和音を奏でさせたが、ルーズベルトはキングの案を受け入れ、支持した。

強烈なだけに、キングの案は即効薬で、結果はすぐに出た。甘さの残っていた海軍上層部に緊張が生まれ、滞《とどこお》っていた事案が動いたのである。また、メーカーと海軍首脳の間にあったなれ合いが許されなくなり、予算の見直しが相次いだ。

ノックスは狼狽《ろうばい》した。彼自身は金銭に対する欲望は薄く、その面から責任を問われる可能性はほとんどない。だが、名誉欲の強いノックスは金銭の代わりに、メーカーにいろいろと求めていたものもあった。

そのノックスの萎縮が、キングの増長（ノックスから見てだが）を許す結果となる。

本来ならノックスを通してルーズベルトに伝えるべき事案でも、キングはノックスを飛び越えて大統領に持ち込んだ。

ノックスをより怒らせたのは、ルーズベルトがノックスに相談もせず、キングに許可したり相談したことである。

（失敗すればいい）

ノックスは憎悪を込めてそう思ったが、ほとんどの場合、キングの策は巧妙に効果を上げた。それもまたノックスには頭痛の種なのだ。

この日のキングの訪問も、ノックスを完全に無視したものである。

「大統領。日本が占領している青島に、ドイツが海軍基地を設営しているようです」

「なんだと！」

「ドイツの海軍力自体は、まったく問題になりません。Uボートの跋扈《ばっこ》さえ封じてしまえば、ほぼ無力です。アジアで凋落《ちょうらく》したイギリス海軍を、我が大西洋艦隊が後押ししてやれば解決できるはずです」

「というと、問題のポイントは？」

「日本の協力です。現在のドイツ海軍の実力は、先ほど申し上げた通り、そう心配をする必要はありませんが、もし日本軍とドイツ軍が、連合国海軍のようなものを造ったとき、侮《あなど》れない戦力に変身するかもしれません」

「ＡＢＤＡ艦隊のようにか……なるほど」

「どうやら我が海軍は、戦前に日本海軍の力を読み違えたようです。経済的に恵まれていない日本海軍の実力など、我がほうに比べれば三分の一ぐらいだろうと考えていたようですが、蓋を開けてみればこの体《てい》たらくです」

「確認できていない戦力もあったようだね」

「その通りです。イギリス東洋艦隊を壊滅に導いたのは、間違いなくその未確認の戦力であると分析が出ていますし、先ほど大統領がおっしゃったＡＢＤＡ艦隊を敗走、壊滅させたのもまたその戦力ではないかと、専門家は考え始めています」

「問題だな」

「問題です」

「で、君の思案は？」

「今以上に大西洋から太平洋に戦力を差し向けることです。どの程度、ドイツ海軍がアジアに戦力を移動させるのかまだ不明ですが、言い換えればその分、大西洋からは手が抜けるということです。そして、太平洋が解決すれば、大西洋はもはや終わったも同然になるはずです」

「戦力を一極に集中しようということだね」

「その通りです、大統領。小さな戦いで一喜一憂していては、戦争が長引くだけです。むろん、経済力の勝る我がほうが長期戦になればなるほど有利になるという見通しを否定するつもりはありません。しかしそれでは、軍人としてあまりにも無能です。

我が合衆国海軍は、日本帝国海軍に勝てるんです。私はそう信じていますし、大統領にも信じていただきたいのです」

キングの演説が終わった。

ルーズベルトは、目を細める。

ルーズベルトにとって、キングの試案は魅力的だった。短く、そして鮮やかな勝利ほど自分を輝かせてくれるだろう。

だが、キングの提案にも不安はあった。もし太平洋でしくじれば、ドイツやイタリアが大西洋で連合国軍を圧倒しかねないからだ。

「ノックス長官は、なんと言っているんだね」

「あの人には相談していません」

キングは、きっぱりと言った。

「相談する相手ではないと?」

「そう思っています。政治家としてはそれなりの能力を持っているのでしょう。しかし、軍人としてのノックス長官は日和見《ひよりみ》主義者です。作戦立案の相談者としては不適格だと判断しています」

「そこまではっきり言うかね」

「お気に障りましたら、お詫びします」

「いや、かまわんよ。君の言う通りだと私も思うからね」

ルーズベルトがそこで言葉を切り、そしてキングを見て続けた。

「そう、確かにノックス長官はたいへん有能な男だよ。それは事実だ。だが、その優秀さは平時において発揮されるものなんだ。情報があり、考える時間もある。そんな状況だ。しかし戦時は違う。状況がめまぐるしく変わり、瞬時の判断が求められる。そして一つの判断ミスが何千もの兵の命を奪うこともあるし、大きな経済的損失も招く。そういう場面には、彼は不向きなんだよ。だから私は君を選んだのだし、君の判断を尊重したいと思う」

「ありがとうございます」

「うむ。まあ、ノックスのことは私に任せておけばいい。君は今まで通り、海軍の戦争遂行のトップとして働いてくれたまえ」

「承知しました」

キングが、来たときと同じように肩をそびやかせて大統領執務室を出て行った。

それを確かめてから、ルーズベルトは、部屋の隅に不動の姿勢で座っていたニューマン大統領補佐官を見た。

「意見がありそうだね、マイク」

「いえ、意見というほどのものは……」

「かまわんよ。言いたまえ」

それでもニューマン大統領補佐官は、すぐには口を開かなかった。彼は、寡黙で慎重な男だったのである
ニューマンのことを知り尽くしているルーズベルトは、焦《あせ》らない。時どきだが、ニューマンの言葉が見事に真理をついていることがあるからだ。

「キング作戦部長の言動には、お気をつけになられたほうがいいかもしれません。彼は有能な人物だとは思いますが、打たれ弱いように思えます」

「根拠はあるのかね？　そうは見えないが」

「はい。これといったものはありません。強《し》いて言うなら、彼の姿勢です。言葉は悪いですが、虚勢を張っているように感じられました。もしそれが正しいとしたら、彼は自分の弱さを知っていますから虚勢を張っていますと」

「知っているから虚勢を張っていると」

「ではないかと……」

「ありがとう、ニューマン。君の人間観察は鋭いからね。心にとめておくよ」

「恐縮です」

ニューマンが慇懃《いんぎん》に頭を下げた。

ルーズベルトは、ニューマンの観察眼を一〇〇パーセント信じたわけではない。

ニューマンの目は確かに鋭いが、必ずしも正しいわけではなく、間違えたこともこれまでにあった。

しかし後にルーズベルトは、このときのニューマンの観察眼に脱帽する。


『5』


青島に新設されたドイツ軍基地に、旗艦重巡『アドミラル・ヒッパー』をはじめ、軽巡『エムデン』、それにわずか五隻の駆逐艦で編制されたドイツ東洋艦隊が到着した。

しかし艦隊と呼ぶには、非常にお粗末である。

ドイツは、第一次世界大戦の敗北により、軍備が抑えられていた。

恐怖のカリスマ、アドルフ・ヒトラーの登場で条約を無視した軍備拡張を行なったが、陸軍に比べ海軍の増強は遅れ、現在でも非力な戦力しか持っていない。空母さえないドイツ海軍にとっては、これで精一杯だったのである。

その代わりと言ってはなんだが、この艦隊にはドイツ海軍の主戦力となっている潜水艦のUボートが一〇隻加えられていた。

そのUボートに、技術支援に基づいて派遣された技術者が数人、乗り込んでいた。

その中には、後《のち》に「ロケットの父」と称されることになるヴェルナー・フォン・ブラウン、その僚友であるフリッツ・アルベルト・トーマ博士、電波兵器の研究開発の専門家フリードリッヒ・ハウプトマンなど、その道では名が知られる人物も含まれていた。

日本海軍は、潜水艦という閉鎖された場所で長時間の暮らしを余儀なくされてきたトーマ博士やハウプトマンらに対し、最大級の歓迎を示した。

十分に鋭気を取り戻した技術者たちは、青島到着から二日後に日本海軍の輸送機で東京に向かった。

ドイツ東洋艦隊司令長官のハンス・ヘッケル中将は、物腰が柔らかく偉ぶったところのない男で、わずかの間に日本海軍の中へ見事に溶け込んだ。

「ヘッケル中将。我が日本帝国海軍は、軍艦が足らなければ軍艦を、飛行機が必要なら飛行機を、また兵が欲しければ兵をお貸ししましょう」

などと大きなことを言う将軍もいたが、そう簡単にできるはずもなく、ヘッケル中将も鵜呑みにしたわけではない。

要するにこのことは、短期間の間で、ヘッケル中将がどれほどに日本海軍と友好の絆を深めたかの証と言えよう。

だが、これはヘッケル中将の偽《いつわ》りの姿だった。基本的に、ヘッケルという男は誠実なタイプで、決して策謀家ではないのだが、これまでの彼の言動は多分に策謀が含まれていた。彼の人当たりの良さは、あくまで彼の任務の一環に過ぎないのである。

ヘッケルは自分の艦隊がいかに非力であるか、誰よりもよく知っていた。派遣を命じられたとき、「この程度の艦隊なら、行かないほうがよいのではないでしょうか。かえって物笑いの種になるかもしれません」と、上司に進言したくらいだ。

「しかたあるまい。アジアに橋頭堡《きょうとうほ》を築いておけ、というのは総統閣下直々《じきじき》のご命令なんだ」

「しかし、これでは……」

「わかっている。君に託したのは、艦隊とはとても呼べんような代物《しろもの》だ。しかし、これ以上の艦艇を渡せば、こちらがどうなるか、そのくらいのことはわかるはずだ」

「それは、わかりますが……」

「それにだ、ヘッケル。実際問題としてお前の艦隊が敵と戦うことはほとんど考えられないし、戦う必要もない。あそこは日本の縄張りだ。手出しをすればかえって連中が嫌がるだろう。

また、どうしても戦う必要が生じたときは、日本軍を使えばいい。あの黄色い猿どもをな」

上司の意味ありげな視線受け、ヘッケルは口を閉じた。

上司の言いたいことは、わかった。そうするしかないだろうとも思う。

しかし軍人として、他人の力を頼って戦うような真似は気が進まないし、日本軍がそれほど力を持っているかどうかも疑念を感じていた。

彼の上司も言った通り、ヘッケルにとっても、日本人は、運に恵まれ、極東アジアで急成長した黄色い猿としか思えない。

だが、その気持ちも、今は微妙に揺れ動いていた。

まだ日本軍の戦いを目《ま》の当たりにしたわけではないので、彼らの実力もはっきりとはわからないが、日本人という人種が、ここに訪れるまでに感じていたものとだいぶ違うことには気づいていた。無能な黄色い猿と思っていた日本人が、意外にもなかなか優れた資質を持つ人種らしいと感じられてきたのである。

（だが、それはそれで悪いことではないのかもしれない。同盟国の日本が、私が思っていた以上に優秀であるということは、味方として心強いということだからな）

そう思うと、ヘッケルの鬱屈《うっくつ》が少し薄らいだ。

（明日からは、作戦などについてもうすこし突っ込んだ質問をしてみよう）

ヘッケルはそう決めると、寝酒をゆっくりと飲んだ。

祖国ドイツで壮絶な戦いが続いていることを、彼は一瞬忘れ、芳醇《ほうじゅん》な香りを満喫した。

日本海軍の艦艇らしい汽笛が聞こえた。

ドイツ東洋艦隊司令長官ハンス・ヘッケル中将は、それを頼もしく感じていた。

第六章　珊瑚海《さんごかい》海戦

『1』

〈ドーリットル空襲〉は、南太平洋およびオーストラリア攻略に反対していた日本陸軍や政治家たちの態度を変えた。

彼らはアジアを攻略して経済力を増強させれば十分にアメリカと対抗できると考えていたが、海軍の〈真珠湾奇襲作戦〉に匹敵するアメリカ軍の奇襲作戦に、戦果はともかく、驚愕《きょうがく》し、恐怖した。

アメリカ陸海軍の展開する南太平洋やオーストラリアなどをほうっておけば、それらが日本本土攻撃の拠点になる――そう言っていた海軍の主張を受け入れて、考えを一八〇度変えたのである。

作戦の段取りは早かった。というのも、攻略作戦の案自体はすでに海軍で検討されていて、今回決まった作戦は海軍の案を少し直しただけのものだったからだ。まず、ニューギニア南東部の、アメリカ陸海軍の基地のあるポート・モレスビーの攻略を狙った。

ポート・モレスビーを奪取してオーストラリアへ睨みを利かせようと考えたのであるが、理由は他にもあった。ポート・モレスビーにあるアメリカ陸海軍の戦力には、ニューギニア攻略を狙う日本陸軍も痛い目に遭っていたからである。

作戦は五月の初旬と決まったが、準備中に軍令部から、ソロモン諸島にある小島への〈ツラギ攻略作戦〉が急遽《きゅうきょ》追加された。

軍令部は、ツラギ島に水上飛行機基地を設営し、次に控える南太平洋作戦の足がかりにしようと考えたのだが、さほどの準備もせずに作戦を決定したのは、ツラギには少数のオーストラリア軍が展開しているだけなので攻略は簡単であろうと読んだからである。

片手間で足りると軍令部は考えたのであった。

作戦名は〈MO作戦（ポート・モレスビー攻略作戦）〉と決まり、攻略作戦の総指揮は第四艦隊司令長官井上成美中将に任された。

実戦部隊の指揮を執るのは、蘭印作戦で失策を犯したがために汚名返上に燃える、第二艦隊麾下《きか》第五戦隊司令官高木武雄中将である。

失策を理由に、今回の高木起用に疑問を挟む海軍首脳も少なからずいたが、連合艦隊長官山本五十六の、「もう一度ぐらい高木にチャンスをやってもいいだろう」の一言で、高木の指揮が決まった。

この起用には、山本の高木に対する温情が無いわけではないが、それだけでは決してない。

山本という男は情け深い人間ではあるが、情に流されるような柔《やわ》な男でもないのである。山本が高木を推《お》すのは、高木の才能を認めていたからだ。

〈MO作戦〉の実戦部隊は、MO機動部隊（高木中将直率）、MO攻略部隊（指揮官＝五藤存知《ごとうありとも》少将）、そしてツラギ攻略部隊（指揮官＝志摩清英《しまきよひで》少将）で編制されていたが、いくつかの艦隊から選抜されたため、行動がまったく同一というわけではなかった。

実戦部隊の主力となるMO機動部隊は、新生なった高木の第五戦隊、原忠一《ちゅういち》少将が指揮を執る第五航空戦隊、そして第四水雷戦隊を主力として編成されていた。

〈MO機動部隊〉
第五戦隊
重巡『妙高《みょうこう》』『羽黒』
第五航空戦隊
空母『瑞鶴』『翔鶴』
第四水雷戦隊
軽巡『天龍《てんりゅう》』
第二駆逐隊
駆逐艦『村雨』『五月雨』『春風』『夕立』
第二七駆逐隊
駆逐艦『白露《しらつゆ》』『時雨《しぐれ》』『有明』『夕暮』

〈MO攻略部隊〉
主隊
第六戦隊

空母『祥鳳《しょうほう》』
重巡『古鷹《ふるたか》』『加古《かこ》』『青葉』『衣笠《きぬがさ》』
攻略隊
第六水雷戦隊
軽巡『夕張《ゆうばり》』
第二九駆逐隊
駆逐艦『追風《おいて》』『朝風』
第三〇駆逐隊
駆逐艦『睦《む》月《つき》』『望月《もちづき》』『弥生《やよい》』『卯月《うづき》』
支援隊
第一八戦隊
軽巡『天龍』『龍田《たつた》』
飛行艇母艦『神川丸《かみかわまる》』『聖川丸《きよかわまる》』
〈ツラギ攻略部隊〉
敷設艦『沖島』

駆逐艦『菊月』『夕月』であった。

『2』


話は少し、戻る。

アメリカ合衆国艦隊司令長官兼海軍作戦部長アーネスト・J・キング大将が構想を練り、大統領のフランクリン・デラノ・ルーズベルトが支援した太平洋艦隊増援計画は、予想通り大西洋艦隊司令長官の頑強な反対はあったものの、ほぼキングの構想通りに進みつつあった。

増援を受けた太平洋艦隊司令長官チェスター・W・ニミッツ大将は、これまでの戦力と新しい戦力を検討し、新たに組み直して二つの任務部隊を作った。

ウィリアム・F・ハルゼー中将が指揮官となる第16任務部隊と、フランク・B・フレッチャー少将が指揮する第17任務部隊である。

ところが、このときパールハーバー基地にあるのはフレッチャー少将の第17任務部隊だけだった。

ハルゼーはまだ〈ドーリットル空襲作戦〉の護衛指揮を執った北太平洋から戻っておらず、帰還には後二日ほどかかる予定だった。

今回の増援の目玉はやはり空母であろう。

アメリカ海軍はすでに大多数の者が大艦巨砲主義から脱却し、これからの海戦の主役が航空機になると考えていた。

しかし、それに対応しての準備が整っていたかと言えば、それは違う。

その証拠に、日米開戦時アメリカ海軍が保有していた空母は『ラングレー』『レキシントン』『サラトガ』『レンジャー』『ヨークタウン』『エンタープライズ』『ワスプ』『ホーネット』のわずか八隻に過ぎなかった。

比べて日本は、一〇隻の空母をこの時点で保有していたのである。

数だけで単純に比較できるものではないが、両国の海軍の規模を考えると、アメリカ海軍のほうはやはり少ないと言えるだろう。

しかも開戦後すぐに『サラトガ』が失われ、アメリカ初の空母である『ラングレー』は水上機母艦に改装されていてとても第一線で働ける状況ではなかった。現在アメリカ海軍が前線に参加させることができる空母の実数は、たったの六隻である。

開戦当初のアメリカ海軍の空母の配属は、太平洋艦隊に『レキシントン』『エンタープライズ』『サラトガ』があり、大西洋艦隊には『ワスプ』『ヨークタウン』『レンジャー』『ホーネット』があった。

二つの艦隊にほぼ半数ずつだ。

それをキングは、今や空母とは呼べない『ラングレー』と小型空母の『レンジャー』だけを残し、残りを太平洋に持ってこようとしたのだ。大西洋艦隊司令長官が頭に血を上らせるのもしかたのないことだろう。

『ホーネット』は〈ドーリットル空襲作戦〉に参加したあと、そのままハルゼーが指揮する第16任務部隊の麾下に入ることになっており、『ワスプ』も数日前にパールハーバーに到着し、すでにフレッチャーの第17任務部隊に配属されていた。

そして、残りの『ヨークタウン』も近々太平洋に来ることになっていた。

むろん、それだけではない。アメリカ海軍では次期を担《にな》う空母の建造に入っており、キングはその竣工を早めるべく建造メーカーを叱咤激励している最中だった。

「一任務部隊に、二空母ですか」

パールハーバーに戻ってニミッツのプランを聞いたハルゼー中将は、複雑な顔をした。

「不満かね？」

「いえ、そういうわけではないのですが……」

口ではそう言うが、ハルゼーの顔の曇りは取れない。

理由は、ニミッツにもわかっていた。詳細はまだ判明していないが、日本海軍には自分たちの知らない謎の戦力があり、そのことを気にしたハルゼーは、戦力が足らないかもしれないと案じているのだ。

「もう少し時間をくれ。大西洋からあと二隻来ることになっているし、新鋭空母の建造も進んでいるからね」

ニミッツの必死さを知り、ハルゼーが柔らかな笑みを浮かべた。

「ご心配をかけてすみません。なあに、私たちだってプロですよ。与えられたもので最善を尽くすしかないことは、十分にわかっていますから」

「ありがとう、中将」

ハルゼーのいかにも彼らしくない口調に、ニミッツは腹で苦笑した。

ノックがあったのは、ハルゼーが腰を上げたときだった。

「長官。ロシュフォート少佐です」

従兵が言う横を、目の鋭い男がするりとすり抜けた。パールハーバー無線監視局通信局の情報参謀ジョセフ・J・ロシュフォート少佐で、専門は暗号解読である。

「良い知らせかね、ロシュフォート少佐」

「おそらくは」

ロシュフォート少佐がまったく表情を変えずに言った。

「では、長官。私はこれで」

「いいや、中将。君にもいてもらったほうがいい。そうだろ、少佐」

「長官のご判断です」

ロシュフォートが間をおかずに答えた。聞きようによってはずいぶんと横柄な言葉だが、ニミッツもハルゼーも馴れているらしく、気にした様子を見せなかった。

「それでは聞かせてもらおうか、少佐」

ニミッツの促《うなが》しに、ロシュフォートが話し始めた。

「敵艦隊は、珊瑚海に現われます」

「珊瑚海？」

「オーストラリア本土とソロモン諸島を東西に、ニューカレドニア島を南方に置く海域です」

ハルゼーの言葉に、ニミッツが壁に掛けてある地図を見た。

「意外に広いな。場所は絞れているのかね、ロシュフォート少佐」

「珊瑚海とソロモン諸島、そしてもう一つ場所の名があるのですが、それがまだ」

「広過ぎるな」

ハルゼーが唸《うな》る。

「目的はわかっているのかね、少佐」

「それもまだ現在の暗号解読度では、判明させられません」

「じゃあ、時期はわかっているのか」

「五月初旬ですが、正確な日時もまた同じく判明していません」

ハルゼーの質問を先回りにするように、ロシュフォートが言った。

「判明せず、判明せず、判明せずか……まだまだだな、ロシュフォート少佐」

「ハルゼー中将。しかたないさ。日本軍は最近暗号のキーを変えたらしいんだ。だからここまでだって私は満足しているよ」

「わかっていますよ、長官。私もロシュフォートの仕事をあげつらっているわけではありません。ただ、どうも……ね。すまんな、少佐」

「まだ時間はあります。この後も日本軍はもっと重要な暗電を打つかもしれません。そうなれば、場所も時期ももっと細かく判明するでしょう」

ロシュフォートは、あくまで冷静だ。

「ありがとう、少佐。引き続き作業を続けてくれ。何かわかったら、夜中でも早朝でもかまわないから知らせてほしい」

「承知しました」

ロシュフォート少佐が敬礼し、長官執務室を出て行った。

「五月初旬……珊瑚海……ソロモン諸島……か。中将、何かあるかね？」

ニミッツの問いに、ハルゼーは考えるように首を傾《かし》げてから言った。

「なかなか難しいですね。あまりにも漠然としていますから……ただ、これだけは言えますよ。奴らがやってくるのなら座しているわけにはいきません」

「その通りだ、中将。よし。至急、作戦会議を招集しよう。皆の頭脳と経験を結集すれば、いいアイデアも生まれるはずだ」

ニミッツは言って、副官に太平洋艦隊幕僚と任務部隊の幕僚を招集するように言った。

『3』


戦いは、志摩清英少将麾下のツラギ攻略部隊のツラギ上陸で始まった。

推測通りツラギに駐屯しているオーストラリア軍の戦力は微弱で、日本軍に対する抵抗は皆無と言えるほどであったため、上陸作戦は成功したかに見えた。

ところが、恐怖は南方の空から現われた。

「おい、あれは?」

駆逐艦『菊月』の見張員が、南の空にポツンポツンとした黒点を複数発見して、同僚を促した。

双眼鏡を目につけた同僚が叫ぶ。

「機影だ、それも結構な数だぞ!」

「敵機か!?」

「味方機であるはずはない。となれば、敵だ!」

見張員の結論は単純だったが、正しい。

報告を受けたツラギ攻略部隊指揮官志摩清英少将は、強く舌打ちした。

航空戦力はないし、連れてきた戦力では反撃さえも不可能だろう。志摩はツラギ島への物資と兵員の搬送を中止させ、一応反撃の態勢を整えた。

志摩はこのときの敵機をアメリカ陸軍の航空部隊と考えたが、とんでもない誤りだったことをすぐに知る。敵機の先頭にいるのが、グラマンＦ４Ｆ『ワイルドキャット』であることが判明したからだ。『ワイルドキャット』は、空母艦載の戦闘機である。

アメリカ艦隊が、すぐそばにいる。

すぐには信じられなかったが、否定はできなかった。

ツラギ攻略部隊からの報告は、ＭＯ攻略部隊にも衝撃を与えた。

ＭＯ攻略部隊司令部ではアメリカ艦隊の登場はほとんど議論されていなかったが、絶対に現われないと思っていたわけではない。高木はすぐに、ツラギ周辺への索敵を行なわせた。

このとき、ＭＯ攻略部隊はツラギから西方四〇〇カイリの珊瑚海にあった。

航続距離のある日本海軍の艦載機にしても、ツラギに向けて航空部隊を出撃させるのはぎりぎりの距離である。天候などによっては帰還が難しくなることも考えられる。

それでも、ツラギ救援に攻撃部隊を出撃させようという幕僚もいた。

高木は迷った。

「司令官は、ツラギを見捨ててもかまわないとおっしゃるのですか」

若い幕僚が、血相を変えて高木に迫る。

「馬鹿を言うな！　俺だって救援してやりたいのはやまやまだ。しかしこの距離では救援も簡単にはいかんし、下手に戦力をさいて敵艦隊への攻撃に支障を来たせば将来に後悔を残す。俺はそれを考えているのだ」

高木の言葉に嘘はなかった。

しかし彼が置かれている状況が、彼の判断に、よく言えば慎重、悪く言えば失敗を恐れる気持ちを吹きこんでいたのも事実だったろう。


ガガガ――――――ン！

ダグラスＳＢＤ『ドーントレス』艦上爆撃機の放った二五〇ポンド爆弾が、『菊月』のマストを吹き飛ばした。

『菊月』は睦月型駆逐艦の九番艦で、基準排水量一三一五トン、全長一〇〇・二メートル、最大速力は三七・二ノットである。

兵装は一二センチ砲四基四門、七・七ミリ機銃二挺、六一センチ三連装魚雷発射管二基六門、爆雷一八発であった。

すでに何度も書いたことだが、駆逐艦は速力を得るために軽量化してあり、防御は非常に薄い。口の悪い駆逐艦乗りは、駆逐艦を「棺桶《かんおけ》」と評するほどであった。

多少の差はあっても、これは駆逐艦という艦種においては世界共通の仕様で、むろん『菊月』も例外ではない。

とどめはダグラスTBD『デバステーター』艦上攻撃機の魚雷攻撃だった。

ドド――――――ン！

艦尾に魚雷を浴びた『菊月』は、あっという間に右側に傾くなりゴロンと海面に寝ころんだ。

グワァァンッ！

上になった左舷から火柱が噴き上げるや、『菊月』は急速に海中に没した。

乗組員のほとんどが『菊月』と同じ運命をたどった。

『菊月』の姉妹艦で一二番艦の『夕月』の運命も、姉とさして変わりはない。直撃弾二発、魚雷一発を受けて姉の後を追った。

これでツラギ攻略部隊の戦力は、まったく尽きたと言える。

アメリカ軍攻撃部隊も、それはわかっているのだろう。F4F『ワイルドキャット』艦上戦闘機までが攻撃に参加し、機銃による地上掃射を開始した。

ガガガガガッ！

ズガガガガガガッ！

『ワイルドキャット』の一二・七ミリ機銃弾が、作りかけの塹壕に身を潜めている日本海軍陸戦隊兵士を撃ち抜き、絶命させた。

わずかに十数分の攻撃で、ツラギ攻略部隊は壊滅した。


「そうか……」

ツラギ攻略部隊壊滅の報を聞き、高木中将はがっくりと肩を落とした。予想はしていたとはいえ、真実が胸の奥底をザクッザクッと刺し貫く。

「敵艦隊の居所はまだか！」

慚愧《ざんき》と憤怒《ふんぬ》と焦燥《しょうそう》で、高木が叫んだ。

こうなってしまった以上、高木にできることはツラギ攻略部隊に贈る弔《とむら》い合戦しかなかった。

偵察機からの「日本海軍機動部隊を発見せり」の入電に、第17任務部隊指揮官フランク・B・フレッチャー少将は、会心の笑みを浮かべた。

情報参謀ジョセフ・J・ロシュフォート少佐の暗号解読を得てのアメリカ太平洋艦隊司令部の作戦会議は、紛糾した。

ハルゼーら積極派が、太平洋艦隊の全力を珊瑚海につぎ込んで日本艦隊の殲滅《せんめつ》を主張したのに対し、穏健派あるいは慎重派と言われる幕僚らは、ロシュフォートの暗号解読を頭から信じるのは危険だと主張し、ハルゼーまたはフレッチャーの艦隊のいずれか一方を珊瑚海に派遣して様子を見るべきだと発言した。

「二つの任務部隊を派遣した後で、再び日本軍がパールハーバーに攻撃を仕掛けてきたら、これはまさにパールハーバー基地の死滅を意味するではないか」

そう言う慎重派の幕僚もいた。

反論したのはハルゼーだ。

「そんなことができるわけはない。日本艦隊が現在各戦地に分散していることは、暗号解読に頼らずともわかっていることだ。そういう状況で日本艦隊がハワイに攻め込んでくるなどということを想定する必要は、まったくない」

ハルゼーは、言葉の奥に「この意気地なしめ」という思いを込めて言った。

「そう言い切れますか、ハルゼー中将。前回のハワイ攻撃とて、常識的にはあり得ないと言われていたのですよ。それを日本軍は実行した。二度目のハワイ攻撃があり得ないと、あなたは断言できるのですか」

ハルゼーの言葉の深意に敏感に反応した幕僚が、鋭い声で反論した。

「できる」

「根拠は、どこに根拠があるのです?」

「……俺が軍人だからだ。戦士だからだ」

「非論理的ですな、ハルゼー中将。それでは議論になりません」

「議論などなんの役に立つ。戦うのは俺たちだぞ。あんたのように、この司令部でデスクに向かって作戦をいじくっている連中に何がわかる」

「ハルゼー中将。少し言い過ぎだよ。彼だって遊んでいるわけじゃないんだから」

割って入ったのは、ニミッツだった。

同時に、ハルゼーの横にいた第16任務部隊参謀長マイルス・ブローニング大佐が、「落ち着いてください、提督」と、ハルゼーの耳元にささやいた。

二人の言葉で自分の走りすぎに気づいたハルゼーが、それでも憤懣やるかたなしの形相《ぎょうそう》で言い合っていた幕僚を睨んだ。

「二つの意見は、双方ともに一理あると私は思っている。しかし正直に言うなら、私はハルゼー中将の方針を支持したい」

ニミッツの発言に、会議場に驚きのため息が漏れた。これまでのニミッツの発言は、どちらかというと慎重派に近いものだったからだ。

「私はこれまで、どちらかと言えば慎重にものを考えてきた。足りない戦力で無茶をすれば、自滅すると思ったからだ。

むろん私は、現在の我が艦隊の戦力が十分であるとは思っていない。日本軍と対等以上に戦うためにはもっと戦力が欲しいというのが、私の偽《いつわ》りのない気持ちだ。

しかし、先日の日本本土空襲によって戦局はわずかに転換したと私は考えている。これまでのような守備重点から、反撃重点へと転換するチャンスだと私は判断した。

また、暗号解読については懐疑的な者がいることも承知しているが、私はロシュフォート少佐らは立派に仕事をしており、その仕事は信頼に足るものだと信じている」

ニミッツは満足そうに言ってから、腕組みをして目を閉じている第17任務部隊指揮官フランク・B・フレッチャー少将を見た。

「フレッチャー少将。君の発言が少ないようだが、意見はあるかね」

ニミッツに問われたフレッチャーは、あわてたように目を開けた。

フレッチャーは、即答はしない。いや、できない。迷っているのだ。

ウエーク島支援の際に日本艦隊から受けた屈辱は、今でもフレッチャーの胸に確実にしこりとして残っている。だから、心情的にはハルゼーの考えを支持している。

だが、暗号解読に対する疑念が、フレッチャーにはどうしても拭《ぬぐ》えずにいるのだ。

そしてフレッチャーの口から出たのは、本人でさえも驚くような内容だった。

「私に異論はありません。長官のおっしゃるようにチャンスはそうあるものとは思えませんから、私は喜んで珊瑚海へと進むつもりです」

処世術だったかもしれないと、言い終わってからフレッチャーは自分をそう分析した。

ここでニミッツとハルゼーに異を唱えるのは自分の将来にとって良くないと、潜在意識が判断したのかもしれない。

「結論が出たようですな、長官」

ハルゼーが、満足そうに言った。

「よし。どこに行くかは、二人の提督を中心に検討するのがいいだろう。ハルゼー中将、フレッチャー少将、意見を聞こう」

ニミッツの言葉に、ハルゼーは自分と参謀長の考えを披露した。

「フレッチャー少将。君は？」

「そうですね、私としては……」

フレッチャーが、ゆっくりと話し出した。

（あのときの私の判断は間違っていなかったようだな）

作戦会議を思い出し、フレッチャーは満足そうにうなずくと、攻撃部隊に出撃を命じた。


第17任務部隊に遅れること一八分、MO機動部隊の索敵機がツラギ北西二〇〇カイリにいるアメリカ機動艦隊を発見した。

「いたか！」

高木中将が、椅子から飛び上がらんばかりに立ち上がった。

「いつでも攻撃部隊を出撃させられます」

航空参謀が意気込んで言う。

「よし！　ツラギ部隊の弔い合戦をするぞ。出撃！」

高木が満を持した声で、命じた。

「ちっ。こちらに出張《でば》ったのはまずったな、マイルス。……敵の主力部隊は、第17任務部隊のほうに現われたようだぞ」

第16任務部隊旗艦空母『エンタープライズ』に座乗する指揮官ウィリアム・F・ハルゼー中将が唸った。

「珊瑚海、ソロモン諸島」というわずかなキーワードだけでは日本艦隊が進出する作戦海面を予想できなかった太平洋艦隊司令部は、二人の提督の意見を入れて、二つの任務部隊を東西に分けて進出させることを決めた。

ハルゼーは西を、フレッチャーは東を希望した。

ところが、無線の傍受によって、第17任務部隊がツラギ攻撃に成功しただけではなく、日本艦隊主力を発見したことを知って、ハルゼーは悔しがっているのである。

ハルゼーは手柄がどうのという人物ではないが、戦いを先んじられることは軍人の本能として悔しいのであろう。

「そうとも言い切れませんよ、提督。ロシュフォートの新しい暗号解読では、日本海軍はこの作戦に空母を三隻ないし四隻参加させるようだと言っています。第17任務部隊の発見した艦隊の空母は二隻。となれば、我々のようにあちらも複数の艦隊に分けて作戦を行なっている可能性があります。私たちにも十分に可能性があります」

ブローニング参謀長が、決して慰めるわけではなく言った。

「まあ、それは否定できんが……」

まだ納得できないのか、ハルゼーが唇を歪《ゆが》ませた。

ブローニングの読みは確かに間違ってはいない。このとき確かに、珊瑚海には複数の日本艦隊が展開していた。

だが、自分の読みが完全ではないことを、すぐに知ることとなる。

地獄の業火《ごうか》とともに――。

『4』

「そうですか……アメリカ艦隊はあちらに現われましたか」

無線傍受によって、高木武雄中将指揮のMO機動部隊がアメリカ艦隊と交戦に入ったことを知った『大和』超武装艦隊参謀長仙石隆太郎大佐が、やや憮然《ぶぜん》として言った。

「おそらくアメリカ艦隊は珊瑚海に現われますよ」

と言い出したのは仙石参謀長である。

「暗号解読か」

仙石の言葉に、『大和』超武装艦隊司令長官竜胆啓太中将が即座に応じた。

「ええ。アメリカという国は、我が国に比べると情報というやつを非常に重要だと考えます。時には兵器や武器以上に金をかけるらしいですからね、となれば、暗号解読にも相当に力を入れていると見るべきでしょう。そう考えると、これまでも暗号が解読されていたのではないでしょうか」

仙石が一気に言った。

「私も参謀長の意見には賛成だな。確たる証拠はないが、そう疑ってみるべき根拠はあるように思う。だから、参謀長の言うように、アメリカ艦隊が珊瑚海に出没する可能性は高いだろう。来るとすればどこかな、参謀長」

「私なら珊瑚海中央を目指します。そこからなら、修正したとしても時間のロスは少ないですからね」

「なるほど。となれば、私たちが向かうのもそこだな……」

　これが、珊瑚海遠征の数日前に、竜胆と仙石とで交わされた会話である。

　しかし、ＭＯ機動部隊とアメリカ艦隊が交戦に入ったのは、珊瑚海北東の海域だった。

　仙石が憮然としたのも無理はない。

「気にするな、参謀長。私もそう判断したんだ。責任は君だけにあるわけではない」

　竜胆がきっぱりと言った。

「そうですよ、参謀長。頭の悪いアメ公の考えることなんぞわかりゃしませんよ……なんてこと言ったら参謀として失格っすかねえ……」

　司令部では年の若い参謀である種村一馬《たねむらかずま》少佐がおどけて見せたので、『大和』の艦橋が和《やわ》らいだ。

「おお。失格だぞ」

　仙石は言ったが、目は笑っていた。

　そのときだ。

「長官。『八幡』の索敵機より入電！　我、敵艦隊発見せり。距離北北東四二〇カイリ。空母二、巡洋艦六、駆逐艦一〇ないし一二なり」

「いたのか、もう一つの艦隊が！」

仙石が奇声にも似た声で言った。

「そういうことらしいな、参謀長」

竜胆の声も弾んだ。

「しかし、長官。太平洋艦隊が複数の艦隊を珊瑚海に送り込んできたということは、敵が真珠湾攻撃で受けた被害から徐々に回復していると見たほうがいいのでしょうね」

「そういうことだ。山本閣下が一番恐れていた戦況に向かっているのかもしれん。経済も技術力も我が帝国に勝るアメリカは、長期戦になればなるほど軍備を揃えてくるだろうと、閣下は言っておられたからな……」

「はい」

「もっとも、今回についてはアメリカ軍の増援態勢が十分に整ったとは思えないな。おそらく大西洋艦隊からの使い回しだろうが、それだからこそ今、アメリカを叩く必要がある。増援などするよりも戦争終結のほうが賢明なのだと、アメリカ政府にわからせるためにな」

竜胆の熱い言葉が幕僚たちの胸を打つ。

超武装空母『大和』の艦橋に、一度は消えかけた闘志が音を立てて充満してゆく。

荒波を受け、『大和』の巨軀《きょく》がわずかに震えた。それはまるで武者震いのようであった。

ハルゼー麾下の第16任務部隊も、日本艦隊を発見していた。ただしそれは『大和』超武装艦隊ではなく、五藤存知少将が指揮するMO攻略部隊だった。

「いたぞ、参謀長」

ハルゼーが満面を笑みにして言った。

「輸送船団の存在から見て、攻略部隊の本隊のようですね」

ブローニング参謀長の言葉も軽い。フレッチャー少将に恨みはないが、彼とてフレッチャーに後《おく》れを取るのは、軍人として楽しかろうはずはなかった。

「小型空母だけというのもそれを証明している」

「提督。日本艦隊が転針しました！　逃げるつもりのようです」

「くそっ。敵もこっちを見つけたか」

「大丈夫ですよ、提督。敵は輸送船団を抱えていますから、そう早足は使えません。一〇時間もあれば、こちらの攻撃範囲に入ります」

ブローニングが冷静な判断を示す。

「よし。全速力で追尾だ。ただし油断はするなよ。位置によっては敵海軍の基地航空部隊の登場もあり得るからな」

ハルゼーが檄《げき》を飛ばしたとき、再度報告が入る。

「提督。南南西に別の日本艦隊がいます。距離四〇〇マイル。空母三隻、重巡二隻、軽巡四隻、駆逐艦九隻。なお、空母のうち一隻は未曾有《みぞう》の巨艦なり！　これまでに見たことがない。そう言っております」

「マイルス。こいつは！」

「間違いありませんよ、提督。フレッチャー提督をいたぶって、ABDA艦隊を壊滅させたという、あの謎の艦隊に違いありません」

「うん。ならば作戦は変更だ！　しっぽを巻いてこそこそ逃げるエテ公なんぞ、いつだって叩き潰せる。だろ、マイルス」

「同感です」

「よし。これより転針する！　俺たちの獲物は、巨艦空母を抱える艦隊だ！　やるぜ！　キル・ザ・ジャップ！」

ハルゼー渾身《こんしん》の絞りきったような声に、幕僚たちは「キル・ザ・ジャップ！」の喊声で応じた。

超武装空母『大和』の飛行甲板に出た艦上戦闘機部隊指揮官『大和』分隊長、市江田一樹中尉は、攻撃部隊指揮官であり、艦上爆撃機部隊の指揮官も兼ねる木月武中佐が煙草を吸っているのを見つけ、歩み寄った。

靴音に気づき、木月が振り返る。

「よろしいですか」

「ああ、かまわんよ」

市江田が胸のポケットから煙草の箱を取り出し、口にくわえて火をつけた。

吐き出した紫煙が瞬《また》く間に風に吹き飛ばされのをゆっくりと見送った市江田が、口を開いた。

「中佐は、ジェット機のことについてお聞き及びですか」

「おお。ただし話のネタ程度だがな。それが、どうした?」

「ドイツ空軍では、そろそろジェット戦闘機を実戦に投入するかもしれないそうです」

「ほう。速いそうだな、ジェット機というのは」

「理論的には音速を超えると」

「音速を？」

「まあ、音というのは気温や空気の密度などの条件によって速さは一定していませんが、秒速は三〇〇メートルを超えるそうですから、時速に直せば軽く一〇〇〇キロを超えます」

「時速一〇〇〇キロ以上、か。それは途方もねえ速さだなあ。まさか、そんなにすごいとは思っていなかったぜ」

「今、ドイツが実戦に投入しようとしているジェット機が音速を超えるわけではありませんが、それでも軽く七〇〇キロは出すそうです。零戦の倍とは言いませんが、それでもすごいですよね」

「乗りたそうだな、市江田」

「はい。速さだけじゃなく、プロペラがない飛行機なんて、初めて聞いたときは冗談かと思いましたよ。でも、興味が生まれていろいろと調べているうちに、こりゃあ死ぬまでに一度は乗ってみたいと思うようになりました」

「じゃあ、死ねんな」

「まあ、こればかりは運もありますから、俺が死にたくないと思っても、駄目なときは駄目ですよ」

「それは、違うな」

「えっ？」

「死にたくないという、強い信念を持つのだ。俺は死なぬと信じることだ。

ところが海軍の誤った精神論者たちは、死ぬことを恐れるなと言う。冗談じゃねえよ。誰だって死ぬのは怖い。死ぬのが楽しい奴なんているわけないんだ。俺は何人もの死を見てきた。笑って死んでいった奴もいることはいる。だが、ありゃあ嘘だよ。自分にまで嘘ついて、笑ってやがったんだ。

だからって、逃げるだけの負け犬になれって言ってるんじゃねえ。ことに俺たちのように指揮を預かる者は、負け犬になったら部下の信頼を失うからな」

「それでも、死ぬな、と」

「そうだ。矛盾してるかもしれないと俺自身も気づいてる。だがな、死をおかしく美化することだけはやめようぜ。生きてなんぼの桜だぞ」

「確かに矛盾してますね……でも、木月中佐らしいと言えばらしいです」

「無駄死ににしろ、そうでないにしろ、いずれ俺たちは死ぬ。それは避けられない事実だ。だから、本当に死ななきゃならねえときまでは命を無駄にするなってことさ。乗れよ、市江田。ジェット機によ。だからそれまでは死なぬと自分に言い聞かせるんだ」

「わかりました、木月中佐。私は死にません。無駄死にはしませんよ」

「それは、部下たちの命も同じだぜ。無駄死にだけはさせるなよ」

そう言って、木月中佐が大声で笑った。

それが市江田が聞く木月中佐の最後の声であることを、そのときの市江田は知らない。


木月武中佐が率いる『大和』超武装艦隊航空攻撃部隊は、零戦二八機、九七式艦上攻撃機三六機、九九式艦上爆撃機四〇機の計一〇四機である。

むろん艦戦部隊の指揮を執るのは市江田一樹中尉だった。

攻撃部隊を見送った竜胆長官と仙石参謀長が、従兵の淹《い》れた茶を苦そうに口に含んだ。

何度も行なってきた儀式だが、若き兵を戦場に送り出すことは、ある種の勇気が必要である。

慣れたほうが楽なことは二人ともわかっていた。ここは戦場なのだ。無駄な感傷は、時として艦隊そのものを危機に陥《おとしい》れる可能性もある。

だから二人は、この想いを引きずることはない。一定の時間でそういった感傷を吹き払うのだが、それでもその感傷を失うことはすまいと、二人は話し合っていた。

ハルゼー艦隊から勇躍と出撃したのは、トビー・L・コスナー大尉が指揮する九六機の部隊だった。

グラマンＦ４Ｆ『ワイルドキャット』艦上戦闘機二〇機、ダグラスＳＢＤ『ドーントレス』艦上爆撃機三六機、ダグラスＴＢＤ『デバステーター』艦上攻撃機四〇機が、内訳である。

艦戦部隊の指揮官を兼ねるコスナー大尉は、超ベテランの域にあるパイロットだ。冷静だが、時として冷静というよりも冷徹と言える判断をするため、当然、部下たちからの評判はあまり良くない。

しかし上からの評価は違った。上にとっては結果がすべてであり、部下の性格がどうであれ結果さえ残せば評価は上がるものなのだ。そしてコスナーは、結果を確実に残していた。

「敵の艦戦をゼロ・ファイターと呼んでいるようだな、お前たち」

出撃前のミーティングの席で、コスナーがいつものように冷たい声で部下たちを見回した。

返事をする者は、ない。どう返事をしても、結局はネチネチといたぶられるだけなのを知っているからだ。

「愚か者どもめ。極東のイエロー・モンキーが造った戦闘機なんぞをファイター呼ばわりするのは、恥ずかしいことだと知れ。聞きようによっては初めから負け犬じゃないか」

声に熱がない分、さほど激した内容ではないが、すごみがあるため気の弱いパイロットは首をすくめるようにして俯《うつむ》いた。

「ふん。お前たちの中には、まともに返事ができる奴もいないってわけか」

コスナー大尉は、口元に冷笑を作ると立ち上がった。

思わず数人のパイロットがため息をつき、あわてて止めた。

コスナー大尉は足を止めて首を捻《ひね》り、背後の部下たちを見たが、それ以上は何も言わず、ドアのほうに向かった。

そのときになってやっと、部下たちも立ち上がった。

それから数十分後の天空。

コスナー隊の前方に黒い雲海が見え始め、コスナー大尉は針路を変えるように指示した。

　情けない話だが、雲海の中だとまともに操縦できる連中が少ないのだ。部下同士が衝突し合うのはかまわないが、自分が道連れになるのはごめんだとコスナーは思っていた。


「一二機か」

　市江田中尉は、前方に現われた芥子粒《けしつぶ》のような機影を数えて小さく笑った。

　引き連れてきた零戦は、自分も含め二八機。数でも圧倒的に勝っているが、この日出撃した零戦はこれまでの零戦とはひと味違っていた。

　小隊長の乗る零戦には、海軍超技術開発局の美濃部剛技術中佐が開発した新型三〇ミリ機関砲が搭載されていたのである。

　到着した八機の三〇ミリ機関砲搭載機を、竜胆長官はすぐに実戦に投入する気はなかった。

　内地での試験飛行を終えて一応の合格点が与えられているのはわかっていたが、試験飛行と実戦はあくまで違う。実戦では、試験飛行のときには予想しなかった事態が起きることも、珍しいことではない。

艦戦部隊のベテラン操縦員たちに改めて実戦を想定した訓練をさせてから出撃させようと、竜胆は考えたのである。

だが、ベテラン操縦員たちによる初の試験飛行後、彼らはすぐに使えると市江田に提言した。

美濃部技術中佐の努力で軽量化に成功しているとはいえ、やはり三〇ミリ機関砲は二〇ミリ機関砲に比べると重い。

重さに耐えるためには機体自体の補強が必要であり、そうなれば速力はもちろん操縦性に影響が出ることは避けられないのだ。

しかしその影響はほんのわずかだと、ベテラン操縦員たちは口を揃えた。

それはそのまま市江田の意見でもある。

確かにこれまでの零戦と比べると多少の違和感はあるのだが、それはほとんど気にならないと市江田自身も感じていた。

「使えるというのか」

市江田の進言に、航空参謀の牧原俊英中佐は腕を組んだ。

むろん牧原航空参謀とて、強烈な三〇ミリ機関砲搭載機を一刻も早く実戦に投入したいと思ってた。しかし、判断を誤れば貴重な部下たちと新型機を失うことになる。牧原は、それを案じた。

「問題はありませんよ、牧原航空参謀」

いつになく慎重な牧原に、市江田は軽い調子で言った。

「わかった。司令官に申し上げてみよう」

やっと、牧原が言った。

操縦員たちの意見を知った竜胆は、迷わずに了承した。

竜胆は航空機の操縦はできないし、メカニズムにも疎《うと》い。だから実際に使う者が可能だというならそれを尊重したかったし、市江田をはじめとする『大和』超武装艦隊のベテラン操縦員の目を信じていたからである。

もっとも、そう決定された後も、新型機の訓練飛行はわずかな時間を作って行なわれていた。

「驚くなよ、アメ公め。三〇ミリ機関砲の威力にな」

市江田は不敵な笑みを作ると、スロットルを開いた。

一方、一二機のグラマンF4F『ワイルドキャット』迎撃部隊を率いるのは、『レキシントン』のランディ・ハマーズ中尉である。攻撃部隊のコスナー大尉とは対照的な人物で、強気と陽気を絵に描いたようなアメリカンだった。

そんなハマーズ中尉もさすがに敵の数を見て舌打ちしたが、それで怯《ひる》むような男ではない。

「ジャップめ。俺と出会ったことを後悔しな」

しかし、後悔しなければならなかったのは自分であることをハマーズは、すぐに知る。

ズドドドドッ！

ズドドドドッ！

重い発射音を伴って、市江田機の三〇ミリ機関砲が火を噴いた。

グワァンッ！

それはまさに強烈な一撃で、さしもの『ワイルドキャット』も瞬時に炸裂して微《み》塵《じん》に散った。

わずか数分で半分の部下を失ったハマーズは、自分がとんでもない連中と戦っていることに、やっと気づいた。

「こ、こいつらは、な、なんだっていうんだ。あの機関砲はモンスターか」

わめき散らすハマーズ機の背後に、スーッと零戦が回り込もうとしていた。気づいたハマーズが、渾身の力でスロットルを開ける。

グオォォォ――――――ッ。

二〇〇〇馬力のエンジンがフル回転して、ハマーズ機を引っ張る。いったんスピードに乗れば零戦を上回る速度を持つ『ワイルドキャット』だが、機体が重い分、加速が遅い。

ズガガガガッ！

ズガガガガガガッ！

背後で発射音。

零戦の七・七ミリ機銃だ。

ハマーズ機の左の翼《はね》に火花が走った。機銃弾がかすったのである。

ハマーズが状況を変えるべく、ペダルを踏む。機が機首を左に捻る。

「どうだい」

ハマーズが背後を窺《うかが》う。

が、零戦の姿がない。

「逃げられたか！」

汗がどっと噴き出る。

しかしそれは、ハマーズの勘違いに過ぎなかった。零戦は消えたのではなく、ハマーズ機の真下にいたのである。三〇ミリ機関砲の砲口をハマーズ機の腹に向けて。

ズドドドドドッ！

ズグワァァ――――ン！

ハマーズは陽気なアメリカンだったが、最後の瞬間ばかりは陽気というわけにはいかなかった。

「あれか……まったく信じられんが、事実だったんだな……」

熾烈な『大和』超武装艦隊迎撃部隊の壁をかろうじて突破したアメリカ軍艦攻部隊の指揮官が、眼下を見ながら呆《あき》れたように言った。

指揮官の言ったあれとは、重巡『八幡』のことである。

巨大空母を擁する艦隊――『大和』超武装艦隊を発見した偵察機が、その艦隊にはほぼ楕円形の実に不格好な巡洋艦がおり、兵装こそすごいが速力という点ではほとんど致命的であろうと、報告してきていたのだ。

報告を受けた第17任務部隊の司令部は、その報告に疑念を持った。いくら日本海軍が愚かでも、そんな軍艦を造るとは思えなかったからだ。

だがしかし、事実だとしたら格好の餌食《えじき》となるのは間違いない。もしそれを発見したら、最優先に攻撃して撃沈せよ、との命令が出されていた。

「ふふっ。それじゃあ作戦通り、あの不格好な重巡から天国に送ってやるか」

艦攻部隊指揮官が翼をバンクさせて部下に合図を送ると、降下を開始した。

降下に入った味方艦攻部隊の行動を見たアメリカ軍艦爆部隊も、艦攻部隊の意図を悟った。

となれば、艦爆部隊の仕事も決まった。艦攻部隊の魚雷を受けて動きを失った敵重巡に、とどめの空爆を敢行するのだ。

低空で侵入しようと降下を始めたアメリカ軍艦攻部隊を見て、『八幡』艦長柴田貢《みつぐ》大佐は不気味な笑みを浮かべた。

「艦長。やはり敵はまず我が『八幡』に狙いを定めたようですね」

航海長が、これまた笑いながら言った。

「まあ、当然だろうな」

「では、始めますか」

「そうしてくれ」

航海長がうなずくと、緩やかなジグザグ航走をしていた『八幡』の速力がゆっくりと上がり始めた。

速力が上がると同時に、『八幡』の艦体が海面から徐々に上昇してゆく。やがて艦底に水中翼を支える支柱が現われるやいなや、『八幡』は一気に加速した。

ビビビィィ――――――ン。

切れるようなエンジンを上げた『八幡』が、まさに飛ぶがごとくに駆けた。

「な、なんだ!?」

あっという間の『八幡』の変化に、アメリカ軍艦攻部隊指揮官が呆然《ぼうぜん》とした声を上げる。

『八幡』に何が起きたのか、指揮官に理解できない。ただ、敵を逃がしてしまうという焦《あせ》りだけがあった。

「魚雷発射だ!」

指揮官が命じた。

ザザンッ!

海面に放たれた魚雷が、白い雷跡を作る。続いて数機の艦攻が魚雷を発射した。

しかし、勝負はすでについていた。

この当時のアメリカ海軍の魚雷の速力は、およそ三〇ノットである。それに比べ、水中翼を持つ『八幡』の最高速力は、五〇ノットをはるかに超えるのだ。アメリカ軍の鈍足の魚雷では、追いつけないのである。

『八幡』の鮮やかな動きは、上空で待機していたアメリカ軍艦爆部隊の目にも映っていた。

あのスピードでは魚雷攻撃は難しいと判断した艦爆部隊が、急降下爆撃に入った。ところがそれは、『八幡』からすればまさに狙い通りだったのだ。

ガガガガガッ！

ドドドドドッ！

ズドドドドドドッ！

バリバリバリバリバリッ！

降下してくるアメリカ軍艦爆群に向かって、『八幡』のおびただしい数の対空砲火が集中した。

それはまるで一枚の刃のように密集しており、刃先に触れたものは一瞬で裂かれて微塵《みじん》に散るしかないのである。

ズグワァン！

ゴワァンッ！

次々と刃先に触れた艦爆が、吹き飛ぶ。

恐怖にかられた数機が、攻撃を諦めて反転した。しかしすでに『八幡』の恐怖の砲弾の刃先から逃がれるには遅すぎたのだ。

グッバァ――ン！

敵艦隊迎撃部隊をやっとのことで振り切って、命からがら戦場に到着した艦戦部隊指揮官コスナー大尉は、目に映る地獄絵図に息を飲んだ。

想像以上に強敵だった零戦に苦しめられ、今また、艦攻、艦爆部隊の惨状を見て、冷徹な神経を持つコスナーでさえ血が逆流するのを抑えられなかった。

「く、くそ。信じられん。イエロー・モンキーたちが……イエロー・モンキーたちが、これほどの敵であったなんて」

コスナーが唇を噛んだ。切れた唇から血が口中に広がる。だが逆に、血の味がコスナーの冷静さを取り戻した。

(これ以上の攻撃は、被害を増やすだけだ)

コスナーはそう考えると、撤退を決めた。

ドドド――――ン！

三発目の魚雷を受けた『レキシントン』が、ガクンと速力を落とした。機関室に被害を受けたのだ。

それを予測していたように、九九式艦爆が『レキシントン』に殺到する。

ガガガァンッ！

ズガガァン！

ズババァン！

恐るべき正確さで、九九式艦爆が『レキシントン』の飛行甲板に二五〇キロ爆弾を叩きつける。

「艦長。限界かもしれません……」

『レキシントン』の航海長が、無念そうに顔を歪《ゆが》めて艦長に言った。

「君も、そう思うか」

肩をだらしなく落とした艦長が、呻《うめ》いた。

世界最大最強を自負していたレキシントン級空母が……まず『サラトガ』が、そして今『レキシントン』までもが、海底に没しようとしている。

「航海長。俺たちは勘違いをしていたのかもしれないいな」

「は？」

「俺はアメリカ海軍が世界最強だと信じ、日本海軍なんぞゴミのような存在だと思っていた。

いや、アメリカ海軍が最強であることは、今でも疑っちゃいない。しかし、日本海軍はゴミじゃなかったようだ。

いや、それどころかあいつらは、俺たちが思っていた以上にずっと強いのかもしれない」

「日本海軍は、強い……」

ガガガァ────ン！

何発めかの直撃弾が『レキシントン』を襲い、艦長の意識を戦場に戻した。

「ハルゼー提督に打電だ。総員退去の許可を求める……と」

「畜生《ちくしょう》！　今度は『レキシントン』かよ」

これ以上ないくらいの憤怒で頭から湯気をほとばしらせたハルゼーが、拳で壁を殴りつけた。

「『レキシントン』に許可を出しますか」

ブローニング参謀長が、ハルゼーの怒りを鎮めようとしてか、ことさらに静かな声で問うた。

「あ、ああ、もちろん許可する。連絡してくれ」

「承知しました」

ブローニングの意図に気づいたハルゼーが、たぎる憤怒を必死に抑えようと大きな息を吐いた。その程度のことで頂点に達した怒りが収まるはずはないが、それでもいくらか憤怒で曇る脳に冷静さが戻ってきた。


『大和』超武装艦隊攻撃部隊指揮官木月武中佐は、業火に包まれながら炸裂音という断末魔の声を上げる『レキシントン』を、満足そうに見た。

しかし、さすがに『レキシントン』である。攻撃は意外に手間取った。しかも爆弾もそれほど残っておらず、もう一隻の空母『エンタープライズ』を葬《ほうむ》り去ることは難しそうである。

グワァン！

すさまじい破裂音がした。近くで敵艦の放った高射砲弾が爆発したのが、わかった。

「中佐。翼をやられました」

操縦員の郷田少尉が悲痛な声を上げる。

木月が破壊された翼に視線を向けたその瞬間、機はバランスを失い、錐《きり》もみ状態に陥《おちい》っていた。

機の激しい回転で体が硬直する。何かを言おうとするのだが、木月の口は動かない。

（来たか）

薄れ行く意識の中で木月は、思った。

「生きろ」と市江田には言ったが、木月は自分にも最期があることを忘れていたわけではない。生きることに最善を尽くすつもりだが、運命は多くの場合、人智を超えるものだということも、木月は知っていた。

一瞬、故郷の山々が見えた。冠雪の山々は、透き通った空気の中で鮮やかに輝いていた。

そして、木月の意識は、途切れた。

「中佐――っ！」

指揮官機が被弾して錐もみ状態にあることを皮肉にも目撃した市江田中尉は、血を吐くように叫んだ。

あれほど生きることに執念を燃やしていた木月中佐が、今、戦死しようとしている。

いまさらどうなるものではないことは、市江田はよくわかっている。それでも、できることなら指揮官機に回り込んで、木月を助け出したいと思った。

次の刹那《せつな》、錐もみを続けていた指揮官機が爆発した。

「き、木月中佐――っ！」

と、再び吼えて、市江田は言葉を失った。

「提督。直撃弾による飛行甲板の被害は、たいしたことありません」

「うん」

「そろそろ終わりでしょう」

黒煙に埋まる天空を見上げて、ブローニング参謀長が言った。

「被害をまとめてくれ、参謀長」

ハルゼーがようやく落ち着きを取り戻した。

被害はハルゼーが思った以上に大きかった。空母『レキシントン』と、その護衛についていた駆逐艦四隻が撃沈し、重巡二隻、駆逐艦三隻は大幅な修理が必要なほど破壊されていた。

「提督。これ以上戦うことは難しそうです」

「……らしいな」

ハルゼーが悔しそうに顎をさする。

「攻撃部隊の被害も大きそうだ」

「詳細は戻ってみなければわかりませんが、こちらも予想以上と推察されます」

「……わかった。攻撃部隊の帰還の時間は？」

「あと二時間弱かと」

「よし。攻撃部隊の帰還を待って、撤退しよう。敵の二次攻撃もあるかもしれんから、それへの対応も忘れんでくれ」

受けた被害の大きさに、ハルゼーは怒りと同時に激しい疲労も感じていた。が、休みたいとは言わない。それが「ブル」だからだ。

ブローニング参謀長もハルゼーの疲れに気づいていたが、あえて癒しの言葉はかけない。こんなときに癒しや同情の言葉をかけることが、ハルゼーをより大きく傷つけると知っていたからだ。

（それにしても、敵の謎の艦隊は、我々の推測をはるかに凌《しの》ぐ敵のようだ……）

ブローニングがそう思って、目を細めた。

（それでも、こいつを叩き潰さない限り、我々の勝利はなさそうだな……）

フーッという息を吐く音に、ブローニングは振り返った。そこには、これまでに見たことがないほどに憔悴したハルゼーがいた。

ブローニング参謀長は改めて、敗北を感じた。

「『翔鶴』が大破し、『瑞鶴』も被害を受けただと！」

『大和』の艦橋で、仙石参謀長が悔しそうに言った。

「まずいな」

竜胆長官も眉を曇らす。

『翔鶴』と『瑞鶴』を擁する第五航空戦隊は、〈MO作戦〉の主力である。この二艦が被害を受けると、作戦そのものに大きな支障が出ることは言うまでもない。

「長官。井上中将が〈MO作戦〉の一時延期を命じました」

「う〜ん。やはりそうなるか……」

竜胆が憮然とした顔で、唸った。

「敵艦隊の被害は、そう大きいものではないようですね」

仙石の顔も曇っている。〈MO作戦〉の中断は、この作戦を裏面から支援した『大和』超武装艦隊の作戦自体の失敗という側面もあるからだ。

「だが、無茶をすれば第五航空戦隊ばかりでなく、MO機動部隊がどうなるかもわからんからな。ここは改めて、作戦を洗い直すほうが最良かもしれんぞ、参謀長」

「はい。確かにそうかもしれません」

（第五航空戦隊の代わりに、自分たちが〈MO作戦〉に表から加わる策も……）

と、仙石は思った。

しかし、それが実現不可能であることは仙石自身が知り抜いている。

『大和』超武装艦隊は、いわば影の艦隊であり、また影の存在だからこそ存在意義があるのだ。

いつかはその存在が明らかになることは間違いないが、できうる限り影になっているほうが、敵に与える打撃は大きいはずだ。

「参謀長。攻撃部隊が近づいています」

「よし。収容の準備を急がせろ」

「収容後、転針してシンガポールに向かう」

竜胆が命じた。

シンガポールには旧イギリス海軍の軍港だったセレターがあり、しばらくは『大和』超武装艦隊の母港となる予定になっていたのである。

エピローグ

『1』

のちに二つ合わせて〈珊瑚海海戦〉と呼ばれる海戦は、どちらが勝ち、どちらが負けたかの評価が難しい戦いであった。

『大和』超武装艦隊とアメリカ太平洋艦隊第16任務部隊の戦いは、『大和』超武装艦隊の圧勝であることは間違いない。

しかし、ＭＯ機動部隊と第17任務部隊の戦いは、第17任務部隊が大きくリードした。

二つの戦いから、互角、両者痛み分け、というのが一般的な見方だったが、結果の本質を見れば、〈ＭＯ作戦〉を延期せざるを得なかった日本海軍の敗北と言う者もいた。

連合艦隊司令長官山本五十六大将もその一人だったし、『大和』超武装艦隊司令部でもその考えに近かった。

「ならば、別の策を打つしかあるまい」

広島湾柱島泊地の連合艦隊旗艦戦艦『長門』の司令長官室で、山本五十六は次の一手に思いをめぐらせていた。

「大きな戦いになるだろうな、次の戦いは……そして『大和』超武装艦隊をどう使うか……簡単なようで、これが一番難しいのかもしれん」

山本は椅子から立ち上がると、部屋の隅にある棚からブランデーの瓶とグラスを持ってテーブルに戻った。

心をかき立てるとき、山本は〝火の酒〟を意味するブランデーをよく飲んだ。子供っぽいと言われればそれまでだが、山本には確かに子供っぽい性格が隠れていた。が、それでいいと山本は思っている。大人が必ずしも優秀だとは限らず、子供の持つ感性が、時には鋭い作戦への端緒《たんしょ》になることもあるのだ。

一気に飲む。

胃の中で、火が燃えていた。

『2』

得た結果の違いが、二人のアメリカ海軍提督に光と影を作った。

言うまでもなく、太平洋艦隊第16任務部隊指揮官ウィリアム・F・ハルゼー提督と第17任務部隊指揮官フランク・B・フレッチャー提督のことだ。

戦った相手の違いを見れば、結果だけで二人を評価するのは間違っているだろう。

しかし、軍人は常に結果だけで評価されることも、また避けられない事実だった。

もちろん、結果ではなくすべてを見て正当に評価する者もいる。

チェスター・W・ニミッツ太平洋艦隊司令長官もその一人だ。ニミッツはそのことをハルゼーに直接、告げている。

「この結果で、フレッチャー少将のほうが君より優れているなどとはまったく思っていない。ハルゼー中将。そのことは忘れないでくれたまえ」

傷心の提督の肩を軽く叩いて、ニミッツは慰める風でもなく、言った。

もし、同情のこもった態度で接したなら、ハルゼーは逆に不満だったろう。

自分とフレッチャーの評価を今度の戦いの結果で下すべきではないということを、

ハルゼー自身が考えていたからだ。

それゆえに、感情的にではなくある意味では事務的なニミッツの姿勢に、ハルゼーはニミッツが自分に対して正当な評価を下しているとわかった。

「ありがとうございます。しかし、相手はどうであれ、私が失敗したことは間違いありません。その点については、なんの申し開きも私はいたしません。処分をお任せします」

「もちろんそのことも考えているよ。君の言葉じゃないが、相手はどうあれフレッチャーは手柄を上げたんだ。それに対して私はお祝いを言うし、功労賞も与えるだろう。だが、今一度言う。それは君への評価とは別のものだということをね」

「はい」

出会ったころ、ハルゼーは表には出さなかったが、ニミッツに対して反感を持っていた。少将から一気に大将に二階級特進し、太平洋艦隊司令長官になった人物に、無条件で従うことがプライドを刺激したからだ。

しかし、それが自分のつまらないやっかみであったことに、ハルゼーは気がつき始めていた。

全身全霊でニミッツを信頼する、というところまではまだ至っていないが、ニミッツの公平さだけは間違いないと思えた。

「じゃあ、君への処分を言おう」

「どうぞ」

「キル・ザ・ジャップ」

「えっ！」

「そう。君の処分は、日本軍を叩くことだ。それ以外に私には思いつかないんだよ。どうかな」

「もちろんです、長官。その処分、喜んでお受けします」

うなずくハルゼーに、ニミッツが手を差し出した。ハルゼーがその手を握る。

そして、ハルゼーは知った。二階級特進までさせて司令長官に抜擢した本国政府の真意を。

（確かにこの人は、俺が持っていないものを持っている。人を巧みに働かせる能力だ。その意味でニミッツ長官は、俺より大きい）

パールハーバーに戻って、ハルゼーは初めて、心の痛手が少し癒されたような気がした。

『3』


シンガポール北東部にあるセレター軍港は、イギリス海軍が総力を結集して作り上げた軍港だけに、単なる軍港の域を超える規模と施設を誇っていた。

たとえば、巨大な給油施設があったし、キングジョージ六世ドックは全長三六〇メートル、幅四一メートルあり、さすがに超弩《どきゅう》級空母『大和』は無理だが、かなりの巨艦でも入渠ができ、修理が可能であった。

そのセレター軍港に、『大和』超武装艦隊が入港して二日が経っている。

久しぶりに乗組員たちには休暇が与えられ、修理が行なわれている場所を除けば、意外に港は静かだった。

「羽根は休められたか」

『大和』超武装艦隊司令長官竜胆啓太大将が、繰り出していた街から戻ったばかりの参謀たちをからかうように言った。

「どうも、言葉が」

若い参謀が首を捻《ひね》るが、その顔からはこれまであった疲労の色が消えていた。

「長官はどうされますか。一日くらいなら、艦を空けても大丈夫だと思いますが」

休暇も取らず任務を続けている竜胆に、仙石隆太郎参謀長が言った。

「ちょっと悩んでいる」

「悩むことはありませんよ。長官の丈夫さはよく知っていますが、時にはドックで心身ともに休ませることも必要ですからね」

「ふふっ。なんだか古女房のようなセリフだな、参謀長」

「古《ふる》は余計ですが、私はそのつもりですよ、長官」

仙石がおどけたように答えた。

「では、考えておくよ。予定ではあと四日ほどここにいられるからね」

竜胆が、言った。

しかし、竜胆が街に出ることはなかった。

それから二日後の夕刻、突然の命令が『大和』超武装艦隊に飛び込んできたからだ。

「やれやれ、山本閣下も人使いが荒い」

竜胆はそう言ったが、本心でないのは明らかだった。

補給や修理を急いだ『大和』超武装艦隊主隊が、セレター軍港を出撃したのは、翌日の昼である。

二時間後には囮《おとり》戦隊も、錨《いかり》を上げた。

兵たちはまだ、自分たちがどこに向かい、何をするのかも知らされていない。

外海は波が荒く、天空には黒い雲がたれ込めている。

しかし『大和』超武装艦隊に、闇はない。闇を払うことこそが、世界最強の艦隊に与えられた使命なのだ。

激しいスコールの後、天候は一気に回復した。

「虹だよ、参謀長」

竜胆が明るい声で言った。

「あの彼方ですかね、敵艦隊は」

仙石が現実離れしたことを言ったので、『大和』の艦橋に笑い声が広がった。

自分の無粋《ぶすい》さに気づいた仙石が、頭をかいた。

海原に、超武装空母『大和』のエンジン音が力強く響き渡っていった。

コスミック文庫

超《ちょう》武《ぶ》装《そう》空《くう》母《ぼ》「大和《やまと》」 1
謎の巨大艦隊

2023年 11月 25日　初版発行

【著 者】
野島好夫《のじまよしお》

【発行者】
佐藤広野

【発 行】
株式会社コスミック出版
〒154-0002 東京都世田谷区下馬 6-15-4
代表　TEL.03(5432)7081
営業　TEL.03(5432)7084
　　　FAX.03(5432)7088
編集　TEL.03(5432)7086
　　　FAX.03(5432)7090

【ホームページ】
https://www.cosmicpub.com/

【振替口座】
00110 - 8 - 611382

【印刷／製本】
中央精版印刷株式会社

ISBN978-4-7747-6516-7 C0193